Dunkel lag die Nacht über allem, was Sumika umgab. Sie hatte die Augen weit geöffnet, konnte jedoch nicht mehr sehen, als tiefes, endloses Schwarz. Doch plötzlich tauchte es wieder auf. Diese grelle Licht, das zuerst nicht mehr war als ein Schimmer - so unglaublich weit entfernt, dass es vollkommen unerreichbar schien. Bald schon wurde wie die letzten Male das Licht immer größer. Es schaukelte sich weiter und weiter auf. Mit jeder Schwingung nach unten wurde der helle Punkt größer, kam näher. Gebannt schaute Sumika auf ihn. Wie die sprichwörtliche Motte vom Licht wurde sie mit einer unglaublichen Faszination davon angezogen. Je heller der Schein wurde, desto weniger konnte sie dem Drang widerstehen, auf ihn zuzugehen. Sie setzte ihren rechten Fuß leicht nach vorn – unsicher, als würde sie sich auf einem Hochseil befinden, ständig in der Gefahr, in das schwarze Loch unter ihr zu fallen. Vielleicht war auch genau das der Grund. Sie wusste es nicht. Weder konnte sie sagen, wo sie war, noch wie sie hierhin kam. Alles schien unwirklich. Nur aus den Augenwinkeln blickte sie an sich herunter. Durch das weiterhin immer intensiver und größer werdende Licht erhaschte sie einen Blick auf das lange weiße Kleid, das sie trug, das schlaff an ihrem Körper herunterhing. Sumika musste zurückdenken. Sie erinnerte sich. Fetzen vergangener Tage zogen vor ihrem inneren Auge vorbei. Diesmal sah sie sich wieder in einem weißen Kleid, konnte sogar den glatten weißen Seidenstoff auf ihrem Körper spüren, der ihre Arme kühlte. Sie schloss die Augen. Das Licht war nun so stark, dass es selbst durch ihre Augenlider drang und ins ehemals so tiefe Schwarz mischten sich immer mehr weiße Streifen. Kurz darauf hörte sie ein weit entferntes Geräusch. Auch dieses kam näher und währenddessen wandelte sich das Bild vor ihren Augen immer mehr. Die weißen Streifen verdichteten sich, sie schienen sich zu sortieren und auszurichten. Dabei verloren sie zusehends diese unheimliche Kälte, die sie noch vor kurzem ausgestrahlt hatten. Die Formen wurden weicher, vertrauter, ja sie konnte sogar sehen, was da vor ihr war. Es waren Wolken. Diese wunderbar flauschigen Wolken, zu denen sie schon als Kind aufgeschaut hatte. Sehnsuchtsvoll hatte Sumika schon immer auf sie geschaut. Tagein tagaus bereisten sie die Welt, waren überall und doch nirgendwo zu Hause und konnten einfach weiterziehen, wenn es ihnen an einem Ort nicht mehr gefallen sollte. Und ihre Formen. Wie ein Chamäleon konnten sie sich wandeln und das ganz ohne Farbenspiel. Von einer Sekunde auf die andere wechselten sie ihre Gestalt und dabei waren es noch nicht einmal sie, die sich veränderten. Immer, wenn ein anderer hinauf in den Himmel schaute, sah er nicht das, was sein Vorgänger gesehen hatte. Alles war vollkommen anders, obwohl es doch genau gleich war. Doch bevor sich Sumika weiter in ihrer Gedankenwelt verlor, bohrte sich etwas in diese hinein. Unnachgiebig dröhnte das Geräusch in ihren Ohren. Das Licht wurde heller. Es kam weiter auf sie zu – wippte auf und ab. Sie hatte immer noch die Augen geschlossen. Die Wolken vor ihren Augen wuchsen immer mehr an. Sie kniff die Augen zusammen. Alles kam auf sie zu. Sie wusste, dass sie ertrinken würde. In den weißen Fluten würde sie ertrinken, es gab kein Entrinnen. Nichts konnte sie retten. Sumika schluckte. Sie musste husten, bekam keine Luft mehr. Das Dröhnen in ihren Ohren wurde unerträglich. Sie konnte nicht mehr. Es musste einfach enden. Ihr ganzer Körper war unter Spannung, die Fäuste geballt, ihre Zehen krallten sich in den Boden. Obwohl sie weglaufen wollte, gehorchten ihre Beine nicht. Sie konnte nur noch eins tun. Sie schrie. Dann wieder schwarze Leere und plötzlich konnte sie wieder sehen.

„Hey Sumika! Wie geht´s wie steht´s?".
Noch bevor sie antworten konnte, spürte sie schon einen herzlichen aber wie immer etwas zu kräftigen Klaps auf ihrem Rücken, der sie leicht nach vorn überkippen ließ. Heute sogar noch ein bisschen stärker als sonst. Als sie sich wieder gefangen hatte, blickte sie in das bis über beide Ohren strahlende Gesicht ihrer besten Freundin Kuraiko, die sich heute wieder einmal gegen ihre Kontaktlinsen und für die neue Brille entschieden hatte. Man konnte viel oder wenig von ihr halten doch selbst ihre ärgsten Feinde – und von denen hatte sie mehr als genug und viel mehr als ihr selbst bewusst war – geben eines zu: Langweilig wurde es nie, wenn man sie traf. Diesen Ruf machte sie einmal mehr alle Ehre.
„Ganz in Ordnung, Kuraiko. Ich kann nicht klagen".

Verschüchtert und mit einem unsicheren Lächeln entgegnete Sumika eher zögerlich, was sie wollte, dass ihre beste Freundin dachte. Aber eigentlich war es ihr schon in diesem Moment klar, dass dieser nur halbherzige Plan, nicht aufgehen konnte. Die beiden kannten sich einfach zu gut. Schon seit der Grundschule gab es fast keinen Tag, an dem sie sich nicht gesehen hatten. Seither verband sie etwas Besonderes, das über den reinen täglichen Kontakt hinausging. Sie wuchsen in derselben Straße auf, waren bis auf den Monat genau gleich alt und sogar genau zu der Zeit krank, wenn die andere mit einer Grippe im Bett lag. Sie waren nun mal wie Zwillinge und würden es auch immer bleiben. Selbst, wenn sie keine besten Freundinnen sein wollten, ließ ihnen das Schicksal wohl keine wirkliche Wahl.
„Sag mal, willst du mich für dumm verkaufen? Erde an Sumika: Ich habe Augen im Kopf. Wenn ich´s nicht besser wüsste, würde ich sagen, du hast die letzten beiden Nächte durchgefeiert. Aber, da es sogar wahrscheinlicher ist, dass sich die Sonne um die Erde dreht, muss es irgendeinen anderen Grund geben, dass du so fertig aussiehst…".
Demonstrativ schwang sie ihre langen schwarzen Haare nach hinten und nahm eine aufgesetzte Denkerpose ein. Ihre Stirn in Falten gezogen und sich das Kinn reibend sahen ihre blaugrünen Augen forschend in Sumikas Gesicht. Diese kam sich geradezu vor, als würden just in diesem Moment all ihre Gedanken von Kuraiko gelesen,

dass sie so offen dalägen wie ein aufgeschlagenes Buch, das nur wartete seine Geheimnisse preiszugeben.
„Es ist nichts. Ich habe die letzten Nächte nur nicht gut geschlafen. Es ist doch bald Examenszeit und da gibt es eben viel zu tun. Und neben der Uni stehen ja auch noch andere Dinge an, also…".
Sumika stockte. Sie wollte weiterreden aber hielt inne und ihr Blick wanderte zu Boden.
„Aha, verstehe".
Da war er wieder, der obligatorische und unausweichliche Überraschungsmoment bei einer Begegnung mit Kuraiko. Niemals hätte sie sich mit einer solchen Antwort zufrieden gegeben. Warum tat sie es also diesmal?
Als ob sie die Frage in Sumikas Gedanken gehört hätte, kam sie näher an sie heran. Jetzt stand sie zwar direkt vor ihr, trotzdem aber leicht versetzt, sodass sie über Sumikas Schulter blicken konnte. Da flüsterte sie in ihr Ohr.
„Und ich dachte schon, du wärst unsterblich in jemanden verliebt und denkst die ganze Nacht darüber nach, wie du es ihm sagen kannst. Dabei schafft dich nur die Uni zurzeit so sehr. Das macht schon Sinn".
Sumika wusste immer noch nicht, was sie davon halten sollte. Aber auch hier folgte die Antwort auf dem Fuß.
„Dann hast du also keinen, in den du gerade verliebt bist?".
Hatte sie zuerst so leise wie nur möglich gesprochen, fragte sie diesmal so laut, dass es jeder, selbst der letzte

am Ende des geschätzt 40 Meter langen Ganges gehört haben musste. Sumikas Blick schwankte zwischen Ungläubigkeit und Entsetzen. Sie konnte es selbst nicht sehen aber ihr Kopf musste glühen. Alle anderen schauten zu ihr herüber, tuschelten, lachten Doch dies war noch nicht einmal das schlimmste. Kuraiko schien gar nicht zu erkennen, wie peinlich das gerade gewesen war, sondern zwinkerte ihr sogar zu. So als hätte sie ihr gerade eine großen Gefallen getan. Und Sumika sollte, noch bevor sie wieder einen klaren Gedanken fassen konnte, den Grund hierfür herausfinden.
„Lass dich nicht ärgern, Sumika. So wie ich Rai kenne, gleicht sie das mehr als aus. Habe ich nicht Recht?".
Sie zuckte unwillkürlich zusammen, als sie die so vertraute Stimme hinter ihrem Rücken hörte. Wenn sie es bis jetzt doch auf irgendeine Weise geschafft haben sollte, nicht so rot wie der Kopf eines Streichholzes zu werden, dann war es spätestens jetzt der Fall. Sie musste sich nicht umdrehen, wusste, in wessen Gesicht sie blicken würde und versuchte gerade deshalb es nicht zu tun. Stattdessen schaute sie nur kurz in Kuraikos Gesicht, bevor sie wiederum verschämt nach unten blickte.
„Ich wüsste nicht, was dich das angeht, Masaru! Zumindest solange du keiner von ihnen bist."
„Oho!"
Über das Gesicht des Jungen blitzte ein schelmisches Grinsen und er zog seine Augenbrauen hoch.
„Ich bin also ‚keiner von *ihnen*'? Das überrascht mich ja gleich doppelt, Rai!"

Es dauerte einen kurzen Moment, bis Kuraikos verdutztes Gesicht erst ein vor Wut schnaubendes, dann zutiefst beleidigtes und schließlich kindlich trotziges wurde. Mit einer schnellen, seitlichen Kopfdrehung machte sie deutlich, was sie von diesem Kommentar hielt. Doch nicht jedem ging es so.
Ein leises, kaum zu hörendes Kichern begann langsam immer lauter zu werden und sowohl Masaru als auch Kuraiko grinsten, drehten sich in die Richtung, aus der es kam. Zugegebenermaßen blickte sie noch ein wenig verschämt drein und ein leichter Rotschimmer über ihren Wangen war nicht zu übersehen. Trotzdem war all die Entrüstung aus Sumikas Gesicht verschwunden. Sie kicherte, lachte. Bald so laut, dass sie ihre Hand vor den Mund halten musste. Als Masaru und Kuraiko dies realisierten, blickten sie kurz einander an, dann die wieder fröhliche Sumika. Sie hatten noch einmal so gerade eben den Kopf aus der Schlinge gezogen.

„Sag mal, Rai, das war echt ein bisschen zu viel des Guten, oder?".
Masaru wusch ihr den Kopf, als sich die drei auf den Weg zum Parkplatz der Universität machten.
„Ich wollte, doch nur, dass sie einmal ein bisschen aus sich rausgeht. Wie soll sie denn jemals einen anständigen Freund abbekommen, wenn sie Tag und Nacht über den Büchern hängt und sogar an der Uni immer bloß nach unten schaut? Da sieht doch keiner ihr hübsches Gesicht!".

Sumikas Blick neigte sich wieder leicht nach unten während ihre beste Freundin ein Gesicht machte, als könne sie kein Wässerchen trüben.
„Aber das ist es ja gerade!".
Masaru hob seinen rechten Zeigefinger, als gelte es, einen gravierenden Irrtum klarzustellen.
„A secret makes a woman, woman. Gerade, weil sich Sumika nicht jedem gleich bei der erstbesten Gelegenheit offenbart, hat sie die besten Chancen, einen wirklich guten Freund zu finden. Jemand der nur allzu oberflächlich ist, verliert schnell die Lust aber jemand, der wirklich ihr Geheimnis herausfinden möchte, bleibt solange am Ball, bis sie es ihm offenbart".
Einige Momente lang, schritten die drei schweigend voran, als würde jeder von ihnen noch ein bisschen Zeit brauchen, um das gerade gesagte zu verarbeiten.
„Hört, hört, hier spricht der nächste Philosophieprofessor von Keio. Ohren auf, ihr Studenten!".
Zwar triefend vor Zynismus doch nicht so laut, dass es wirklich ein anderer als Masaru und Sumika hören konnte, machte Kuraiko klar, was sie von dieser Aussage gerade hielt, nicht jedoch ohne noch einmal deutlicher nachzulegen.
„Wie mir scheint, warst du niemals besonders erfolgreich, beim Rätsellösen, du Philosophieass. Wie lange ist das mit Ruri gleich her?".
„Ähh, das tut nichts zur Sache!".

Die Souveränität Masarus war wie weggeblasen und Kuraikos Grinsen verriet, dass sie damit ausgeglichen hatte und seinen wunden Punkt getroffen.
„Trotzdem werde ich das nächste Mal nicht ganz so dick auftragen, da hat Masaru schon Recht. Es tut mir Leid, Sumika. Ich hatte kurz vergessen, dass ich da nicht meinen eineiigen sondern meinen zweieiigen Zwilling vor mir hatte. Also, Entschuldigung akzeptiert?".
Sie streckte Sumika die Hand entgegen. Diese blickte treuherzig und immer noch leicht verschüchtert in ihre Augen. Sie streckte die Hand aus und schlug sanft in die ihrer besten Freundin ein.
„So, alles wieder im Lot!".
Glücklich und mit breitem Grinsen vermeldete Kuraiko, dass diese Situation nun wieder bereinigt war. Masaru und Sumika stimmten ein.
Ohne es zu merken, waren die drei in der Zwischenzeit am Parkplatz angekommen, der wie jeden Donnerstag vollkommen überfüllt war. Die Parkordnung war sowieso mehr oder weniger variabel auslegbar, sodass man sich nicht nur als Fahrer sondern auch als Fußgänger teilweise abenteuerlich den Weg zum eigenen Auto oder Ausgang bahnen musste. So schlängelten sich die drei auch diesmal auf hindernisreichen Bahnen zum roten Mitsubishi Masarus, der auch schon deutlich bessere Zeiten gesehen hatte. Der letzte Winter zeigte deutlich seine Spuren und man musste schon genau hinsehen, um eine Stelle zu finden, in deren unmittelbarer Nähe kein Rostfleck zu sehen war. Genau aus diesem Grund hatte

Masaru sich auch schon letztes Jahr entschieden, den alten Wagen seines Vaters von Weiß auf Rot umlackieren zu lassen. Das war seine Art der Schadensbegrenzung.
„Also, kann ich euch beide irgendwohin mitnehmen? In die Stadt vielleicht?".
Masarus zahlreiche Schlüsselanhänger klimperten, als er die Fahrertür aufschloss.
„Nein, danke. Wenn ich mit dir in einem Auto gesehen werde, traut sich sowieso kein Typ mehr, mich auch nur anzusehen. Die Konkurrenz wäre zu übermächtig!".
So als schicke sie ein Stoßgebet zum Himmel, hatte Kuraiko ihre Hände ineinander gefaltet und sah flehentlich zum Himmel.
„Aber trotzdem, danke!".
„Kein Problem!".
Masaru musste angesichts dieser typisch melodramatischen Vorstellung Kuraikos schmunzeln.
„Was ist mit dir Sumika?".
Sie zuckte kurz zusammen, wie aus einem Traum gerissen und schaute zu Masaru. Dieser musste ihren hilflos erscheinenden Blick bemerkt haben und ergänzte mit einem Lächeln:
„Musst du in die Stadt?".
Er schaute kurz auf seine Uhr, die ihn schon seit Jahren überallhin begleitet hatte und nahezu Teil seines linken Arms zu sein schien.
„I… ich. Also danke für dein Angebot aber ich werde heute einmal gleich nach Hause gehen. Du weißt ja, die

Klausuren stehen bald an und außerdem ist heute der Tag an dem…"
Noch bevor Sumika den Satz vollenden konnte, hakte Masaru ein.
„Ach ja, du hast Recht! Das hätte ich natürlich wissen müssen. Dann vielleicht ein andern Mal!".
Nachdem er ihnen kurz zum Abschied gewinkt hatte, stieg Masaru in sein Auto und fuhr los.
„Ich weiß ja, dass heute der Tag ist aber du hättest trotzdem mit ihm in die Stadt fahren können. Niemand sagt dir schließlich, dass du immer nur zu Hause bleiben sollst und dich um das Haus zu kümmern hast. Ein bisschen Erholung tut dir auch gut. Gerade an diesem Tag heute".
Kuraiko legte die Hand auf Sumikas Schulter. Nichts war mehr da von der aufgedrehten, Gute-Laune-Verbreiterin von vor wenigen Momenten. Ihre Tonlage war sanft, einfühlsam und auch von einer Spur Melancholie durchzogen.
„Überlege es dir doch noch einmal. Ich kann ihn auch für dich anrufen, wenn du willst. Bestimmt kommt er gerne noch einmal zurück und gabelt dich auf. Na, wie wär´s?".
Leichter Optimismus mischte sich in ihre Stimme.
„Danke dir, Kuraiko. Aber es ist, denke ich, besser, heute nach Hause zu gehen. Ich habe ja die letzten Nächte nicht so gut geschlafen. Das macht mich bestimmt für Masaru noch mehr zur Schlaftablette als ohnehin schon".
Sumika versuchte ihre beste Freundin mit einem kleinen Lächeln zu beruhigen und hatte damit auch Erfolg.

Kuraiko umarmte sie und brach, ohne weitere Worte zu verlieren, auf. Mit verträumtem Blick verfolgte Sumika ihre Freundin, die sich, kurz bevor sie aus ihrem Sichtfeld verschwand, noch einmal kurz umdrehte. Wie nahezu immer ein Grinsen im Gesicht.

Ein sanfter, dennoch leicht kühler Windhauch fuhr durch Sumikas Haar. Für einen kurzen Moment blieb sie stehen und schaute in die Richtung aus der er kam. Trotz ihrer großen Brille kniff sie leicht die Augen zusammen. Wie jeden Tag blickte sie auf den vor ihr liegenden See des Tenkaiichi-Parks. Seit nunmehr 14 Jahren kam sie jeden Tag hier vorbei – mindestens einmal. Seit nunmehr 14 Jahren lag er schon auf ihrem Weg von dem Haus ihrer Eltern zum Hauptbahnhof, von dem sie zur Schule und jetzt zur Universität aufbrach oder nach einem mehr oder weniger langen Tag ankam. Und ebenso, hielt sie jedes Mal auf den Nachhauseweg ein paar Minuten inne, um den Blick über den See inmitten des Parks zu genießen. Seit nunmehr 14 Jahren. Die mit jedem neuen Tag schwächer werdende Sonne senkte sich gerade über dem gegenüberliegenden Ufer und tauchte das Wasser in ein kräftiges Orangerot. Wieder eine leichte Brise, das Knistern ihrer Schuhe auf dem mit Kieselsteinen bedeckten Weg, ihre Hände, die das Holzgeländer entlangfuhren. In ihrem Rücken, vorbeifahrenden Kinder auf ihren Fahrrädern, deren herzliches Lachen zu ihr herüber zog. All das und noch viel mehr war ihr schon so oft an genau diesem Platz begegnet. Und obwohl es so

bekannt und vertraut war, hatte es nie seinen Reiz verloren. Seinen Reiz als genau den Ort, an dem der Tag noch einmal vorüber zog – in ihren Gedanken. Lächelnd ließ Sumika ihren Blick schweifen – ohne Ziel.
„Hätte ich vielleicht doch mitfahren sollen?
Hätte ich den Tag heute einfach mal beiseitelassen und Masaru begleiten sollen?
Kuraiko hätte sich sicher gefreut aber auf der anderen Seite wäre das vielleicht ein bisschen zu viel des Guten gewesen. Es war ja noch nicht einmal gelogen, dass ich alles andere als ausgeschlafen bin, wenngleich mich ihre Aktion im Gang heute ganz schön aufgeschreckt hat. Dabei muss sie doch wissen, wie ich reagiere. In solchen Situationen frage ich mich manchmal wirklich, ob sie mich tatsächlich schon so lange kennt…".
Sie schüttelte leicht den Kopf.
„Nein. Wenn überhaupt kennt sie mich besser als ich mich selbst. Hätte ich etwa jemals so etwas getan? Noch dazu in seiner Gegenwart. Auch wenn einige Dinge bei ihr sehr unüberlegt und spontan erscheinen mögen. Alles hat irgendeinen tieferen Sinn, selbst, wenn man diesen nicht gleich sieht. Sie kennt mich eben doch. Vielleicht sogar besser als mir lieb ist".
Kurz darauf – von der untergehenden Sonne war nur noch eine kleine Scheibe zu sehen, die das Wasser jetzt so blutrot färbte wie Ahornblätter im Herbst - brach Sumika auf. Zwar war es nicht mehr weit zu ihr nach Hause, doch sie hatte einiges zu erzählen und auch das Abendessen machte sich schließlich nicht von allein. Als

sie sich umdrehte und zum Ausgang des Parks lief, fielen ihr wieder die Kinder mit ihren Fahrrädern auf, die sie hinter sich hatte spielen hören. Gerade schienen deren Eltern angekommen zu sein, denn sie umarmten sich so innig und herzlich, dass man nur vermuten konnte, sie hätten sich schon eine Ewigkeit nicht mehr gesehen. Auch wenn die Ewigkeit sicherlich nicht länger war als ein paar Stunden musste sie den Kindern, vielleicht auch den Eltern genauso vorgekommen sein. Wie eine Ewigkeit.

„Mama, Papa. ich bin wieder da!"
Sumika zog den Schlüssel von der Tür und hängte ihn an einem kleinen Aufhänger neben der Tür auf. Sie schlüpfte in ein paar der bereitstehenden Pantoffeln und stellte ihre Stiefel ordentlich nebeneinander, bevor sie die eine Treppe in den Flur nahm.
„Ihr werdet nicht glauben, was Kuariko heute wieder gemacht hat! Ich meine, ihr kennt sie ja aber darauf kommt ihr nie. Ich habe mich vielleicht geschämt. Aber Masaru hat sie dann auch einmal ganz kurz sprachlos gemacht. Das kommt ja selten genug vor".
Die bis jetzt so schüchterne Sumika blühte regelrecht auf, als sie mit ihren Eltern sprach. Sie war völlig befreit und redete einfach drauf los und immer weiter, obwohl sie immer noch keine Antwort bekommen hatte.
„Aber mehr sage ich euch dann beim Essen. Ich dachte an eine Miso-Suppe und ein Curry?"

Sie stellte ihre Tasche im Flur ab, ging in die Küche und griff ohne hinzusehen zielgenau zur bereitliegenden Schürze.
„Ich weiß schon, Papa. Für dich nicht ganz so scharf!"
Ein unbeschwertes Lächeln huschte über ihr strahlendes Gesicht.
„Wie lange kennen wir uns schon? Das musst du doch nicht jedes Mal dazu sagen. Auch, wenn ich manchmal sehr vergesslich bin, kann ich mir die wichtigen Dinge zumindest meistens merken. Genau wie den heutigen Tag. Deshalb gibt es heute auch euer Lieblingsessen. Ich hoffe, ihr freut euch. Zwar kann ich bestimmt nicht mit diesem 5-Sterne Koch mithalten, den ihr in eurem Hotel hattet aber dafür bin ich deutlich günstiger. Die Rechnung liegt übrigens auf deinem Platz, Mama. Wie immer kannst schon einmal nachschauen, was ich gekauft habe. Du bist ja kein Freund von Überraschungen".
Sumika schielte auf die große Küchenuhr über dem Herd und rief wie auch die ganze Zeit bisher in Richtung Wohnzimmer:
„Ich denke in 30 Minuten bin ich mit der Suppe fertig. Das Curry können wir ja dann noch weiter ziehen lassen. Das passt euch doch, oder?".

Schon kurz nachdem draußen die Straßenlaternen angegangen waren, brach die Nacht herein. Es war erst später Nachmittag aber trotzdem schon dunkel. Nicht nur die weiterhin kühlen Temperaturen ließen jeden spüren, dass bis zum Ende des Herbstes und damit dem baldigen

Winteranfang nicht mehr viel Zeit vergehen würde. Inzwischen hatte Sumika schon alles für das versprochene Abendessen vorbereitet. Eine große Schüssel Reis stand dampfend in der Mitte des Tischs, Besteck und Teller für sie und ihre Eltern waren bereitgelegt und auch die Suppe brodelte in ihrem Topf vor sich hin. Nur noch eine kleine Kostprobe, ob das Aroma auch dem heutigen Tag angemessen war, einen Blick in den großen Currytopf und schon konnte es losgehen. Sumika blickte auf die Uhr.
„Was schon so spät? Dann sind die 30 Minuten ja schon in einer um!".
Hastig sprintete sie zum Tisch, griff zu den drei bereitgestellten Suppenschalen und füllte zügig aber gekonnt den ersten Gang hinein. Und just in diesem Moment als die Uhr 18.00 Uhr schlug, stand alles auf dem Tisch. Es war angerichtet. Die drei dampfenden Portionen Suppe, der duftende Reis. Jetzt fehlten nur noch diejenigen, für die all das zubereitet worden war.
„Mama, Papa, Essen ist fertig! Wenn ihr nicht bald kommt, ist nichts mehr da!".
Sie grinste und hängte dabei die Schürze wieder an den Haken, von dem sie sie zuvor genommen hatte. Plötzlich eilte sie aus der Küche
„Dann werde ich euch wohl oder übel selbst holen müssen! Sonst kommt ihr noch zu spät. Das wäre es ja noch, wenn ihr an eurem besonderen Tag nicht rechtzeitig da wärt, denn heute ist ja schließlich …".

Als sie zurückkam hielt sie zwei mittelgroße Rahmen in ihren Händen, die sie liebevoll neben den Tellern ihrer Eltern aufstellte. Darauf waren zwei Personen zu sehen, lachend. Ein Mann und eine Frau. Beide Rahmen waren leicht schräg gestellt, sodass sie sowohl zu ihren Tellern als auch der an der kurzen Tischseite sitzenden Sumika blickten. Diese lächelte mit unglaublicher Fröhlichkeit in die beiden Gesichter und setzte ihren Satz fort:
„ … euer Todestag!".
In der Folge konnte man sie mit unglaublicher Hingabe beim Erzählen all der Erlebnisse ihres heutigen Tages beobachten. Wild gestikulierend und mit beeindruckendem Minenspiel, versuchte sie die Geschehnisse so lebendig wie möglich wiederzugeben. Nur ab und zu nippte sie an der Suppenschüssel, nachdem diese eine Weile abgekühlt war.
„Ihr esst ja gar nichts. Ist euch die Suppe etwa immer noch zu heiß oder wollt ihr einfach nicht länger auf das Curry warten? Na, ihr seid mir ja vielleicht wählerisch. Aber ihr habt es mir ja selbst immer gesagt: ‚Sumika, eins nach dem anderen. Verschüttetes Wasser kehrt nicht in die Schüssel zurück'".
Sie blickte in die Richtung des Bildes ihres Vaters.
„Papa, das war doch immer dein Lieblingssatz, weißt du noch? Als ich gefragt habe, ob ich nicht das Dessert gleich als erstes essen kann, oder meine Hausarbeiten nicht machen wollte, hast du mir immer diesen Satz entgegnet. Und ehrlich gesagt, habe ich ihn nie wirklich verstanden, bis Mama ihn mir einmal erklärt hat".

Ihr Blick wanderte auf die andere Seite.

‚‚Dein Vater will damit sagen, dass du nicht überstürzt handeln sollst, sondern alles in der festgelegten Reihenfolge erledigen. Du kannst etwas, dass dir nicht gefällt, immer weiter nach hinten hinausschieben und dich vergnügen aber erledigt werden muss es am Ende doch. Und wenn du da schon alles Schöne, dass dir Spaß macht hinter dir hast, gibt es nichts mehr, mit dem du dich motivieren kannst. All die Freude hast du schon ausgeschüttet, bevor du sie als Ausgleich wirklich brauchst'.

Je mehr ich darüber nachdenke, desto klarer wird mir, wie gut ihr beide zusammenpasst. Wer hätte schon aus so einem Satz des anderen eine derartige Erklärung machen können, wenn nicht jemand, der diesen Satz genauso liebt wie denjenigen, der ihn immer sagt…".

Ihren Kopf in einen aus ihren beiden Händen geformten Trichter eingebettet, der von den aufgestützten Ellenbogen getragen wurde, wanderten ihre Augen zwischen den zwei Bildern hin und her. Da plötzlich fiel ihr Blick auf die beiden Schüsseln ihrer Eltern. Diese standen immer noch unverändert vor den leeren Plätzen. Trotzdem aber lächelte ihre Tochter zufrieden.

„Da habt ihr euch aber lange bitten lassen. War die Suppe denn wirklich so schlecht? Oder wolltet ihr, dass ich eure Moralpredigt von damals noch einmal widergebe? Ihr nehmt euch ganz schön viel heraus heute, das muss ich schon sagen!".

Sumika stand auf, nahm die Schüsseln und räumte sie auf ein kleines Tablett neben dem Herd. Nicht jedoch, ohne zuvor die beiden ihrer Eltern in ein gemeinsames, größeres Gefäß auszuschütten. Mit großer Kraftanstrengung griff sie den immer noch vor sich hin köchelnden Currytopf an seinen beiden Henkeln und beeilte sich, diesen schnell wieder in der Mitte des Tischs abzusetzen. Sich die leichten Schweißperlen von ihrer Stirn abwischend, fügte sie noch an:
„Dass mir das bei dem Curry aber auch so bleibt!"
Im Verlaufe dieses Abends hörte man noch häufig heiteres Gelächter und rege Unterhaltungen aus dem Haus der Maboroshis. Es muss sich für jemanden, der zufällig an ihm vorbeilief, so angehört haben, als würde dort wirklich eine glückliche Familie zu Abend essen. Genau das sollte es sein und genau das war es auch. Sumika genoss diesen Tag. Nachdem das Abendessen beendet war, stellte sie das übriggebliebene Curry mit einer Folie bedeckt in den Kühlschrank. Alles in allem, waren es nur zwei Teller, die übrig geblieben waren. Ihre Eltern schienen es also doch insbesondere auf das Curry abgesehen zu haben. Sie räumte die Teller, Gläser, Schüsseln und das Besteck zusammen, bevor sie den restlichen Abfall zusammentrug.
„Es hat sich wirklich gelohnt, einmal diese Gewürzmischung auszuprobieren. Dadurch kamen das Fleisch und der Reis richtig gut zur Geltung. Das werde ich demnächst einmal wieder kochen", schmunzelte sie, die Packung in ihren Händen betrachtend, die mit einer

neuen und verbesserten Curryrezeptur in der drei Personen-Sondergröße warb.
„Das findet ihr doch auch, oder? Wie wäre es nächste Woche mal mit yakitori? Das gibt es nämlich auch von dieser Firma?".
Stille.
„Ach ja, ‚Der Genießer schweigt'. Wieder eine Lebensweisheit, was Papa?".
Ihr Kichern war unüberhörbar.
Nachdem sie den Abwasch erledigt und den Müll des opulenten Festmahls in den genkan gestellt hatte, kam sie in die Küche und ergriff die beiden Rahmen erneut - vorsichtig und mit größter Sorgfalt.
„Ihr könnt euch dann ja im Wohnzimmer noch ein wenig unterhalten. Ich bin ziemlich geschafft und morgen stehen viele Uniaufgaben an. Also gehe ich einmal etwas früher ins Bett. Aber los werdet ihr mich so schnell nicht, denn am Freitag bin ich ja, wie ihr wisst, zu Hause und arbeite aus meinem Home Office!".
Sie verbeugte sich und wünschte ihren Eltern noch einen wundervollen Ausklang ihres besonderen Tages. Sumika selbst hingegen schien diesen schon längst beendet zu haben. Nachdem sie sich schlaftrunken umgezogen hatte, glitt sie schnell unter ihre Bettdecke und zog diese bis an ihr Kinn.
„Das war eine tolle Feier. Sie haben sich bestimmt gefreut, dass alles so toll geklappt hat. Vielleicht tauschen sie sich ja jetzt gerade darüber aus?".

Sie lauschte kurz. Doch obwohl ihr Zimmer genau über dem Wohnzimmer lag, wo die beiden waren, konnte sie nichts hören - und wollte dies eigentlich auch nicht. „Das ist ja nichts Besonderes. Eine gute Tochter macht so etwas nun mal für ihre Eltern und außerdem erfüllt mich das immer so sehr mit einer unvergleichlichen Zufriedenheit. Ich habe wirklich den Eindruck, ihnen etwas zurückzugeben für ihre unglaubliche Fürsorge die ganzen Jahre. Da werde ich heute sicherlich gut schlafen". Nur wenig später, schlief Sumika tatsächlich ein.

Am nächsten Morgen wurde sie durch einen der ersten Sonnenstrahlen der durch die mattweißen Schiebetüren ihres Zimmers drang, sanft geweckt. Erst zitterten nur ihre Augenlider leicht, dann begann sie, ihre Arme langsam unter der weißen Decke zu bewegen. Einige Finger lugten schon unter ihr hervor. Da öffnete sie ihr rechtes Auge, kurz danach das linke und blickte scheinbar beinahe so schlaftrunken drein, wie sie sich am vergangenen Abend zu Bett gelegt hatte. Sumika verzog kurz ihr Gesicht und reckte sich, die Arme weit nach hinten streckend, sodass sie beinahe an die Wand hinter ihr stieß. Ein weiterer Tag begann also gerade. Oder besser gesagt, der, den sie gestern vor ihren Eltern noch als den ihrer „Home Office"-Tätigkeit bezeichnet hatte. Dabei sah es in ihrem Zimmer nicht wirklich so aus, wie man bei dem Begriff vielleicht vermuten würde. Vielleicht war es sogar das genaue Gegenteil. Sie blickte sich um. Auf dem kleinen Tisch direkt vor ihr an der

gegenüberliegenden Wand standen zwar ihr Notebook und auch einige Notizen, von Dingen die es noch zu erledigen galt. Doch alles andere machte eher den Eindruck als sei es das Zimmer einer Oberschülerin und nicht einer Studentin, die gerade kurz vor ihrem Abschluss stand. Überall hingen bunte Fotos die Sumika selbst im letzten Herbst und auch Winter gemacht hatte. Sie zeigten Kinder, wie sie wild und freudig, die großen, bunten Laubhaufen zum Spielen nutzten, ein paar Kastanien auf einem Kieselsteinweg, den Sonnenuntergang über dem See des Tenkaiichi-Parks oder wie einige Mutige im Winter sein Eis auf ausreichende Dicke überprüften. Sie ließ ihren Blick weiter schweifen bis er auf dem kleinen Nachtschränkchen direkt neben ihrem Kopf Halt machte. Dort blickte sie in die nimmermüden Augen ihrer kokeshi, die sie wie jeden Morgen mit herzerfrischendem Optimismus begrüßte. Die sichelförmigen Augen, die leicht roten Wangen und das breite Lächeln der kleinen Holzfigur wollten wohl sagen:
„Los Sumika, steh auf! Sonst verpasst du einen schönen Tag!".
Und das schon seit über 15 Jahren. Zwar hatte sie ein wenig ihres strahlenden Rots verloren, doch dafür strahlte ihr Lächeln nur umso mehr. Sogar noch mehr als damals an dem Tag - ihrem 6. Geburtstag - als sie dieses Geschenk von ihren Eltern bekommen hatte. Seitdem stand sie kein einziges Mal ohne diese optimistische Botschaft auf, wobei Sumika diese in letzter Zeit noch

mehr gebrauchen konnte, als je zuvor. Nur allzu oft wachte sie schweißgebadet auf. Alpträume setzten ihr zu - schon seit Wochen. Zwar hatte es immer wieder einmal Phasen gegeben, in denen genau dies schon einmal vorgekommen ist. Ja, sogar kurz nach dem Wechsel von der Grund- auf die Mittelschule stand sie beinahe nach jeder Nacht noch erschöpfter auf, als sie eingeschlafen war. Doch niemand konnte sich wirklich erklären, wieso. Das einzige, von dem Sumika stets berichtete, war Dunkelheit um sie herum und ein Gefühl, als würde sie jeden Moment das Gleichgewicht verlieren und in die Tiefe stürzen. Eine unendliche Tiefe, ein schwarzes Loch, aus dem es kein Entrinnen gab.

„Los Sumika, steh auf! Sonst verpasst du einen schönen Tag!"

Wiederum blickte sie in das Gesicht ihrer kokeshi und schloss sich deren Lächeln an.

„Ja, du hast Recht. Es ist Zeit für einen schönen Tag!". Wenngleich sie sich wieder ein klein wenig erschöpft fühlte, als sie sich aus ihrem Bett erhob, schüttelte sie dieses Gefühl einfach mit dem Aufschütteln von Kopfkissen und Bett weg. Sie versuchte es zumindest. Da fiel ihr Blick auf ein Bild, das sie aus ihrer liegenden Position vorhin gar nicht hatte sehen können. Als sie bemerkte, dass es leicht verrutscht war - jetzt fiel ihr ein, dass dies vielleicht der leichte Widerstand war, den sie beim Strecken ihrer Arme kurz gespürt hatte - rückte sie den Rahmen zurecht. Dabei überkam sie unweigerlich Wehmut. Ihre großen und bisher so fröhlichen Augen blickten für einen Moment nur noch traurig drein. Sie wusste jetzt wieder, wieso dieses Bild an der Wand hinter ihrem Kopfkissen an genau der richtigen Stelle hing. Nur noch ein kurzer Blick, ein kurzes Verweilen und Sumika raffte sich wieder auf. Sie ließ die allzu schmerzlichen Gedanken an die Vergangenheit hinter sich, ging einige Schritte und öffnete die Schiebetür komplett, durch die vor wenigen Minuten der Sonnenstrahl geglitten war, der sie aufgeweckt hatte. Da plötzlich wogte eine ganze Flut von ihnen durch Sumikas Zimmer. Sie war so mitreißend und hell, dass sie die Augen zusammenkneifen musste, um sich an sie zu gewöhnen - die Schönheit dieses Tages. Doch schon bald konnte sie wieder klar sehen und erhaschte einen Blick auf den Wecker, der auf dem kleinen Fernseher stand. Er zeigte 8.00 Uhr. Sumika lag also genau im Plan. Nur ein einziges Mal lugte sie aus dem Fenster und konnte durch einige kahle Äste vor diesem sehen, dass der Himmel tatsächlich nahezu vollkommen blau und ungetrübt war. Zusammen mit den fuchsroten Dächern der Nachbarhäuser bot sich ein wundervolles Farbenspiel.

„Noch kann man sie nicht sehen, doch es wird bald wieder so sein wie auf dem Bild. Nach den kühlen Tagen werden sie wieder zum Vorschein kommen. Es kann nicht mehr lange dauern".

Zufrieden drehte sie sich um und ging wieder durch ihr Schlafzimmer, diesmal auf die andere Seite. Dort lagen wie jeden Morgen ihre Kleidung, die sie schon am Abend zuvor zu Recht gelegt hatte und darauf zwei kleine grünschwarze Stäbchen. Als sie sich umzog legte sie diese kurz beiseite, ohne jedoch jemals den Blick ganz von ihnen zu lassen. Als sie sich fertig umgezogen hatte, verstaute Sumika ihren Schlafanzug unter der Bettdecke, griff nach den beiden Stäbchen und verließ ihr Zimmer. Ruhig lief die Tür erst nach rechts, dann wieder nach links. Zumindest vorerst hatte das Home Office noch geschlossen. Auf dem Weg nach unten hielt Sumika nach der ersten Hälfte der Treppe an. Dort befand sich der butsudan der Familie Maboroshi - dieser kleine, traditionelle Schrein der den vor längerer oder kürzerer Zeit verstorbenen Ahnen gewidmet war. Sie zog die beiden Stäbchen hervor und steckte sie in eine kleine Vase, die dort an der rechten Seite stand. Direkt vor dem traditionellen Totenaltar, lag eine Packung Streichhölzer. Behutsam nahm Sumika eins von ihnen aus der Schachtel heraus und entzündete es. Kurz darauf verströmten die damit angezündeten Räucherstäbchen einen holzartigen, harzigen aber sehr angenehmen Geruch. Während sich dieser immer weiter ausbreitete, hatte Sumika ihre Hände zum stillen Gebet aneinandergelegt und den Kopf leicht nach unten geneigt, sodass ihre Nasenspitze von den beiden Zeigefingern berührt wurde. Still und regungslos stand sie da - gedankenversunken. Nach einiger Zeit wurde ihre Andacht durch das Schlagen der Uhr im Wohnzimmer unterbrochen. Es war Punkt 8.30Uhr als Sumika sich mit einer angedeuteten Verbeugung vom butsudan entfernte.

„Mama, Papa! Guten Morgen! Sagt bloß, ihr schlaft noch?".
Sumika kam in die Küche und griff wieder zielgenau zu der Schürze, die sie auch schon beim Zubereiten des Abendessens tags zuvor getragen hatte.
„Im Gegensatz zu mir müsst ihr ja gleich los, oder? Aber wenn ihr heute mal frei machen wollt, dann…".
Als wäre sie mit wütenden Stürmen der Entrüstung seitens ihrer Eltern konfrontiert wurden, zuckte sie kurz zusammen, ohne jedoch ihren schelmischen Gesichtsausdruck zu verlieren.
„Schon gut", versuchte sie, zu beschwichtigen.
„‚Wenn du schon einen Brunnen gräbst, dann grab so lang, bis du Wasser findest', ich weiß. Aber bald habt ihr es ja geschafft und mich auch noch durch die Uni gebracht. Danach könnt ihr endlich einmal die ganzen vielen Reisen machen, von denen ihr mir immer vorgeschwärmt habt. Zum Fuji, nach Okinawa. Ihr könnt dann überhallhin, wo ihr wollt. Aber schreibt doch wenigstens eurer Tochter eine Karte, ja?".
Sie blickte wiederum in den leer vor ihr liegenden Raum.
„Ach, Mama, das ist doch nur ein Witz! Natürlich weiß ich, dass ihr das nicht so meint. Natürlich geht ihr auch für mich fast jeden Tag so schwer arbeiten aber schließlich freut ihr euch ja auch, dass ich so weit gekommen bin. Ich - die kleine, immer viel zu schüchterne Sumika".
Sie öffnete die Kühlschranktür und holte die beiden gestern übriggebliebenen Curryteller und das große

Gefäß mit dem Rest der Miso-Suppe heraus. Nachdem sie den Kühlschrank wieder geschlossen hatte, griff sie nach einem Tablett und stellte alles darauf. Sie verließ die Küche, ging die Treppe hinauf in Richtung ihres Zimmers und stellte dort, wo die Räucherkerzen noch immer brannten und in ruhigen, leichten Kurven ihren Duft verströmten, die Teller mitsamt Schüssel vor den butsudan. Dabei betrachtet sie das kleine ihai in der Mitte - ein schwarz lackiertes Ahnentäfelchen auf dem zwei Namen standen:
„Masato Maboroshi" und „Yurie Maboroshi".
Geschwind huschte sie wieder ins Erdgeschoss und rief in die Küche:
„Ich habe euch wieder ein bento gemacht. Nehmt es ruhig mit. Ihr wisst ja, wo es steht. Ich bringe erst einmal den Müll raus. Schon mal einen schönen Tag, wenn wir uns nicht mehr sehen".
Aber eigentlich wusste Sumika, dass sie sich ganz sicher nicht mehr sehen würden. Denn schließlich lag der Müllplatz genau am anderen Ende der Straße und ihre Eltern mussten schon kurz nach 9.30 Uhr im Büro sein. Sie würden einander also erst heute Abend wiedersehen. Noch während ihre Gedanken darum kreisten, hatte sie die eine Treppe runter in den Eingangsbereich des Hauses genommen und war dabei, in ihre Schuhe zu schlüpfen. Da fiel ihr etwas auf. Oder besser gesagt, ihr fiel auf, dass etwas fehlte. Verwundert blickte sie sich auf dem Boden des Eingangsbereichs um. Man hätte meinen können, Sumika suche etwas, das sie dort erwartet hätte

aber alles, was einen typischen genkan ausmachte, war an seinem Platz:
Die Hausschuhe standen ordentlich vor der Schwelle und machten es jedem Gast möglich, seine Straßenschuhe gegen diese einzutauschen ohne sich umständlich nach ihnen erkundigen zu müssen. Das Regal für die mitgebrachten Schuhe stand daneben. Leer zwar aber da man keinen Besuch im Haus hatte, konnte dies auch nicht überraschend sein. War es die schon leicht welke Blume darauf, die Sumika störte? Doch dafür war ihr Blick zu sehr auf den Boden fixiert. Was suchte sie also?
„Hatte ich den Müll gestern Abend denn schon vor die Tür gestellt?".
Das, was sie leise vor sich hin murmelte, war es also, das sie so nachdenklich gemacht hatte.
„Ich bin mir eigentlich sicher, den Beutel in den genkan und nicht hinaus gestellt zu haben. Oder doch nicht?".
Sumika dachte noch einmal an das Abendessen mit ihren Eltern zurück, ging die Zeit danach Stück für Stück durch und versuchte, sich zu erinnern. Nachdem sie die beiden übriggebliebenen Curryteller in den Kühlschrank gestellt hatte, erledigte sie den Abwasch und brachte den Müll aus der Küche. Doch wohin genau?
Plötzlich huschte ein Lächeln über ihr ernstes Gesicht. Sie nahm ihre ockerfarbene Winterjacke vom Kleiderhaken und drückte die Türklinke hinunter.
„Ich muss wirklich etwas gegen meinen schlechten Schlaf tun. Ich kann mir ja nicht einmal mehr merken, wo ich den Müll tags zuvor gelassen habe".

Mit einem leichten Kopfschütteln trat sie ins Freie und konnte zum ersten Mal die Sonnenstrahlen an diesem zwar nicht ganz wolkenlosen aber trotzdem wunderschönen Morgen direkt auf ihrer Haut spüren. Sie atmete tief ein. Die kühle und unglaublich erfrischende Luft zog durch ihre Lunge. Wieder ein erwartungsfroher Blick zum Boden. Jedoch wurde dieser genau wie der vorige enttäuscht. Auch hier, vor dem Haus, war keine Spur vom weißen Müllbeutel des gestrigen Abends zu sehen. Langsam begann Sumika, die Sache nicht mehr geheuer zu erscheinen.

„Wenn er nicht drinnen und nicht hier steht, kann er eigentlich nur noch… Aber das kann nicht sein. Schließlich bin ich garantiert nicht mehr raus gegangen, gestern. Daran könnte ich mich doch wohl erinnern. So ein großer Schussel, kann selbst ich nicht sein".

Sie presste den rechten Daumen leicht an ihre vorderen Schneidezähne. Etwas, dass sie immer dann tat, wenn sie tief in Gedanken war oder gerade über der Lösung eines schwierigen Problems. Da ging ein Ruck durch ihren Körper und forschen Schrittes machte sie sich auf Weg zum Eingangstor des Hauses. Sie musste es einfach herausfinden. Ob sie mit ihren Überlegungen richtig lag. Zeit genug hierfür hatte sie auch. Es war ja schließlich Freitag, also „Home-Office"-Tag. Als sie am Tor angekommen war und kurz davor, dessen Klinke herunterzudrücken, atmete sie noch einmal tief ein, mit geschlossenen Augen. So, als müsse sie sich enorm überwinden, dies zu tun. Unter einem leichten Knarzen öffnete sich schließlich das circa einen Meter hohe Metalltor und Sumika stand auf dem Fußweg vor dem Haus ihrer Eltern. Sie bog nach rechts ab und ging die Straße entlang.

„In dieser Nachbarschaft habe ich meine gesamte Kindheit und Jugend verbracht", huschte als leiser Gedanke durch ihren Kopf.

„Wenn Kuraiko und ich schon von Kindesbeinen an unzertrennlich waren, dann gilt dies ebenso für diese Nachbarschaft".

Jeden Tag sah sie die beige-grauen Fassaden der Häuser die bei Sonne, Regen, Sturm oder Schnee die Straße säumten und ihren Bewohnern erleichternde Kühle oder angenehme Wärme und Trockenheit spendeten. Sie sah die Kirschblüten durch die Luft schweben, von einer leichte Brise getragen, hörte das Surren der Zikadenflügel, die majestätisch, wie kleine Hubschrauber durch die Luft glitten und sah die sich immerzu im Kreis drehenden Schneeflocken, die die Umgebung in ein so unschuldig weißes Gewand hüllten. Doch plötzlich bemerkte sie, dass sich hinter ihr etwas bewegte. Nicht beunruhigt, doch gespannt, blickte Sumika nach hinten und bemerkte erst jetzt, dass sie schon einen Großteil der gut 600 Meter langen Strecke zum besagten Müllplatz hinter sich hatte und ihr Elternhaus lediglich eins von vielen geworden war. Noch konnte sie nichts sehen, was das Geräusch erklärt hätte, doch schnell realisierte sie, dass es aus der Nebenstraße kommen musste, die sie gerade gedankenversunken überquert hatte. Ohne es zu bemerken. Glücklicherweise waren generell kaum Autos auf den Straßen unterwegs, sodass es nicht weiter schlimm oder gefährlich gewesen war. Immer näher kam das Geräusch. Und mit jedem Mal, als sie es erneut hörte, wurde ihr klarer, was sie gleich erblicken würde. Regelmäßig und im kurzen Abstand knisterten die kleinen Kieselsteine, die auf der geteerten Straße verstreut lagen. Ein leises Klingeln, wie das einer kleinen Glocke war zu hören, begleitet von stetig aneinander reibendem Stoff. Sumika verharrte regungslos. Fast schien es, sie wolle das Kostbare, dieses Seltene, das sich ihr näherte nicht durch ihre Anwesenheit verschrecken. Endlich nun war es soweit. Nur noch einen Augenblick, dann würde endlich klar werden, worauf Sumika solche Rücksicht nahm, wovon sie sich derart fasziniert zeigte. Und tatschlich konnte sie sie sehen. Die rote Wollmütze auf dem Kopf des Mädchens, das sich gerade auf den Weg zur Schule machte. Ihr hellblauer Regenanorak und der eng um ihren Hals geschlungene Schal erlaubten kaum noch, etwas von ihrem Gesicht zu sehen. Nur einige schwarze Strähnen fielen über ihre Wangen hinein. Fest hielt sie den kleinen Regenschirm umklammert. Tatsächlich bemerkte sie Sumika nicht und kam direkt auf sie zu - dieses Mädchen, das vielleicht sieben oder acht Jahre alt war und von dem kleinen Glöckchen an ihrem rosafarbenen Ranzen abgesehen beinahe vollkommen lautlos voranschritt. Plötzlich kam aus genau dieser Straße wieder ein Geräusch. Viel lauter, schneller kam es auf die beiden zu. Und Sumika merkte

eindeutig, dass es das Mädchen auch gehört haben musste. Nur kurz schielte sie nach hinten, verlangsamte ihren Schritt, ging dann aber weiter, teilnahmslos. Ein wildes Klimpern begann zu ertönen und wurde mit zunehmender Zeit immer lauter. Metall schlug gegen Plastik, wieder Metall. Da schoss ein anderes Kind aus der Seitenstraße hervor. Das Mädchen mit der roten Wollmütze, das nun fast auf Sumikas Höhe war, wurde nicht viel aber doch merklich schneller. Sie musste wissen, dass sie bald eingeholt werden würde.
„Hey, warte doch mal! Du da, mit der roten Mütze!".
„Sie ist es tatsächlich", war der Gedanke, der nun durch Sumikas Kopf ging.
Das zweite Mädchen rannte hinter dem mit der roten Wollmütze hinterher. Wild flatterte ihre halb geöffnete grüne Jacke ebenso wie ihre langen schwarzen Haare.
„Hey, du!", wiederholte sie noch einmal. Diesmal auf stärkere, fordernere Art und Weise. Kurz darauf hatte sie das andere Mädchen eingeholt. Genau neben Sumika, griff sie ihr an die rechte Schulter und schaffte es so, den nur etwas beschleunigten aber nicht geänderten Rhythmus ihrer Schritte zu durchbrechen. Das Mädchen wirkte unsicher, verschämt, fast als hätte man sie bei etwas erwischt, von dem sie genau wusste, dass es falsch war, es jedoch trotzdem getan hatte.
„Bist du das etwa, der Shiro jeden Tag ein paar Leckerlis vorbeibringt?".

Sie drehte sich weg. Doch das andere Mädchen, obwohl sie noch leicht außer Atem war, gab keine Ruhe und fragte sie immer weiter.
„Sag schon, bist du das?".
Sie stand nun direkt vor ihr, schaute in das noch mehr unter Schal und Mütze verschwundene Gesicht.
Leicht, kaum merklich nickte sie. In ihren großen schwarzen Augen spiegelte sich Nervosität, vielleicht sogar Angst. Keine der beiden hätte in diesem Augenblick auch nur das geringste bisschen Aufmerksamkeit Sumika, die in ihrer Nähe stand, geschenkt. Zu sehr waren sie in ihren Gegenüber vertieft, die Anspannung förmlich greifbar. Doch da, genauso schnell wie sie in Person des zweiten Mädchens gekommen war, legte sie sich wieder. Wie aus heiterem Himmel, umarmte sie das immer noch stumm gebliebene andere Mädchen - den Tränen nahe.
„Endlich habe ich dich gefunden! Danke, vielen Dank! Du hast Shiro gerettet!".
Da versagte die Stimme der Kleinen. Nur noch fester wurde sie gedrückt. Sie musste sogar leicht auf die Zehenspitzen gehen, um nicht nach hinten über zu fallen. Die Tränen flossen unaufhaltsam über das Gesicht, die grüne Jacke des anderen Mädchens. Schon bald perlte immer mehr Wasser auf den beiden Regenjacken ab. Es hatte zu regnen begonnen. Jetzt öffnete sich ein kleiner Regenschirm und die beiden verharrten noch eine Weile.
Da legte das Mädchen, das Sumika zuerst begegnet war, die Hand auf die Schulter des anderen. Als daraufhin das

in Tränen aufgelöste Mädchen in der grünen Jacke kurz innehielt und in ihr Gesicht blickte, sah sie, dass der Schal nun deutlich weiter heruntergezogen war. Sie blickte in ein herzerfrischendes Lächeln, das mit seinen blütenweißen Zähnen sprichwörtlich erstrahlte.
„Wie heißt du denn?".
Nun war sie es, die keinen Ton herausbrachte. Heftig schluchzend rang sie um Worte.
„Ku.., Kuraiko!".
„Freut mich, dich kennenzulernen, Kuraiko. Ich bin…".
„Sumika, was machst du denn da? Du erkältest dich noch!"
Sumika zuckte zusammen. Sie drehte ihren Kopf, schaute sich um, so als müsse sie sich darüber klar werden, wo genau sie überhaupt war. Da tauchte das wohlwollend lächelnde Gesicht eines älteren Mannes vor ihren Augen auf. Zuerst noch irritiert, dann eher freudig überrascht blickte sie ihn an.
„Du warst wohl wieder zu sehr in Gedanken, oder?".
Jetzt erst merkte sie es. Der Regen prasselte geradezu nieder und auch die eigentlich ockerfarbene Jacke war schon längst so schwarz geworden, wie ihr Haar, das klatschnass auf ihren Schultern lag. Als sie in den Himmel schauen wollte, den sie eigentlich als nahezu vollkommen blau in Erinnerung hatte, blickte sie auf einen aufgeklappten gelben Regenschirm. Sofort wanderten ihre Augen in die Richtung des älteren Mannes, der sie fröhlich anlächelte.

„Ich wusste doch, dass es sich lohnt, trotz des schlechten Wetters raus zu gehen".
Fast wie auf Kommando und so schnell wie er gekommen sein musste, wurde der Regen erst schwächer, um schon bald ganz aufzuhören.

„Es freut mich wirklich sehr, Sie einmal wieder von Angesicht zu Angesicht zu sehen, Herr Shinobu!".
Sichtlich erfreut lächelte Sumika ihm zu, als die beiden auf dem Weg zurück zu ihrem Elternhaus waren.
„Da nimmst du mir quasi die Worte aus dem Mund, Sumika. Es ist wirklich schon eine ganze Weile her, dass wir uns gesehen haben und keine Glasscheibe zwischen uns war!".
Beide schmunzelten und wussten genau, was damit gemeint war. Zwar sah man sich nahezu jeden Tag, doch auf eine eher ungewöhnliche Weise. Da beide, der schon seit langen Jahren sein Rentnerdasein mal genießende, mal fristende Herr Shinobu und Sumika sehr feste Tagesabläufe hatten, trafen sie sich jeden Tag. Denn zu exakt der Zeit, wenn Sumika das Haus verlässt, sitzt ihr Nachbar Herr Shinobu am Frühstückstisch, die Zeitung ordentlich gefaltet neben seinen Sandwiches und winkt ihr zu. Nunmehr schon seit 15 Jahren.
„Wie geht es Ihnen denn, Herr Shinobu?".
So aufgeregt wie ein kleines Kind, platzte diese Frage aus Sumika heraus. Zu sehr freute sie sich einfach, endlich mal wieder mit ihrem Nachbarn persönlich zu sprechen.

„Ach, ich kann nicht klagen, meine Liebe! So lange ich noch ohne eine dieser Haushälterinnen auskomme, die mir mein Sohn schon seit Jahren aufschwatzen will, fühle ich mich so fit wie eh und je. Aber…".
Er hielt kurz inne und rieb sich das Kinn.
„Vielleicht sollte ich doch zustimmen und ein Hausmädchen anstellen. Vielleicht kommt dann mein Sohn auch wieder einmal häufiger zu Besuch".
Laut und schallend lachte er los, wurde jedoch schon nach einiger Zeit von einem heftigen Hustenanfall unterbrochen. Wohl eine Spätfolge seiner jahrelangen, bis heute andauernden Lieblingsbeschäftigung: Dem Rauchen.
Sumika stützte ihn leicht ab, als er eine Hand vor den Mund hielt. Fast hätte man denken können, es handele sich um Großvater und Enkelin bei einem morgendlichen Spaziergang. Als sein Hustenreiz langsam nachließ, schielte der leicht nach vorn gebeugte Shinobu nach oben - ein schelmisches Lächeln auf den Lippen.
„Aber vielleicht brauche ich ja gar keine Haushälterin. Dir würde diese Rolle auch mehr als gut stehen, meine Liebe. Da wüsste ich dann wenigstens, dass ich mich voll und ganz verlassen könnte, nicht wahr?".
Sumika merkte, wie sein rechter Arm sanft an ihrem linken herunterfuhr. Dabei schaute er sie immerzu an.
„Oh. Vielen Dank!", antwortete Sumika.
„Aber Sie wissen doch, dass mich so etwas immer verlegen macht".
„Lass einem alten Mann doch seine Freuden, Kindchen".

Den Arm Shinobus eingehakt, waren sie nun beinahe wieder dort, wo Sumika bei - zumindest in ihrer Erinnerung - strahlend blauem Himmel losgelaufen war, um herauszufinden, ob… Plötzlich schreckte sie auf.
„Oh Nein! Das habe ich ja ganz vergessen! Ich wollte doch eigentlich schauen, wo der Abfallbeutel von gestern Abend geblieben ist".
Leicht verwundert blickte Sumikas Nachbar drein, der im ersten Moment wohl nicht viel mit dieser Äußerung anfangen konnte. Als sie das merkte, lächelte sie leicht verschämt in seine Richtung und ergänzte:
„Irgendwie habe ich wohl gestern den Müllbeutel an einem Platz abgestellt, an den ich mich nicht erinnern kann. Weder im genkan, noch vor der Tür konnte ich ihn finden. Im Haus ist er jedoch auch nicht…".
„Du solltest weniger arbeiten, meine Kleine!"
Sumika stockte und hielt vor dem Eingangstor von Herrn Shinobu an. Die mittlerweile wieder scheinende Sonne begann langsam, die vom Regen feuchte Straße in einen leichten Dunstnebel einzuhüllen.
„Jeden Tag gehst du noch so früh, als müsstest du zur Schule und kommst so spät, als hättest du schon eine Arbeit. Da ist es kein Wunder, dass du dir so etwas nicht merken kannst".
Insbesondere der letzte Satz hatte Sumikas Interesse geweckt und sie fragte nach:
„Was meinen Sie mit ‚so etwas'?".
„Na, dass du gestern Nacht, ach was, heute Morgen, den Müll schon zum Müllplatz gebracht hast. Als ich auf die

Toilette musste, das war so gegen 4.30 Uhr, sah ich jemanden aus deinem Haus kommen. Ich dachte ja zuerst es sei ein Einbrecher, denn heutzutage sind die ja fast überall. Aber dann, als die Person unter einer Straßenlaterne stand, konnte ich sehen, dass es sich um dich gehandelt hat. Aber wahrscheinlich hast du mich nicht erkannt. Schließlich bist du auch geradewegs auf die Straße und Richtung Müllplatz gegangen…".
Mit jedem neuen Wort, mit jedem Satz wuchs die Ungläubigkeit in Sumika. Sie konnte sich beim besten Willen nicht daran erinnern, in der Nacht wach gewesen zu sein, geschweige denn, den Müll weggebracht zu haben.
„S…, sind Sie sicher, dass ich das war, Herr Shinobu?".
„Ja, natürlich bin ich das. Ich bin zwar nicht mehr so gut zu Fuß, habe aber immer noch Augen wie ein Luchs. Du musst es doch aber selbst am besten wissen, Sumika".
„Na ja, also. Ich kann mich nicht mehr wirklich daran erinnern. Gestern war doch der besondere Tag meiner Eltern und ich habe für sie wie jedes Jahr ein spezielles Menü gekocht. Die Uni-Woche war auch ziemlich stressig. Vielleicht habe ich es wirklich vergessen".
Mit ihrem unschuldigen Lächeln, versuchte sie zum einen diese etwas unangenehme Situation so schnell wie möglich hinter sich zu lassen. Aber auch, vielleicht sogar vielmehr war es ein Versuch, sich selbst zu beruhigen Denn das gerade geschilderte, wollte ihr einfach nicht ins Gedächtnis kommen. Herr Shinobu, der ihre Verunsicherung bemerkt zu haben schien, legte seinen

linken Arm auf ihre Schulter und versuchte, sie zu beruhigen.

„Mache einfach mal eine kleine Pause von der Arbeit, meine Liebe. Das Wochenende steht bevor und heute soll auch der letzte Tag mit ein paar Regenschauern sein. Warum gehst du nicht einmal aus? Das hast du seit Ewigkeiten nicht mehr gemacht".

Seine sanfte und sehr tiefe Stimme konnte für einen Moment die quälenden Zweifel Sumikas an ihrem Gedächtnis in den Hintergrund drücken. Es war fast so wie früher, dieses Gefühl der Geborgenheit und Sicherheit, das sie in der Umgebung ihres Nachbarn hatte. Dieses Gefühl, das so vertraut aber doch immer wieder einzigartig war.

„Und wenn deine Freunde keine Zeit haben, dann können wir wie früher ja wieder einmal zusammen einen Tee trinken. Ich würde auch die Kekse mitbringen, die du als Kind so geliebt hast. Was hältst du davon?".

Während er Sumika dieses Angebot machte, streichelte er ihr über den Kopf. Ruhig, sanft. Nun musste man die beiden geradezu für Großvater und Enkelin halten, so vertraut war ihr Umgang. Dennoch dauerte es eine Weile, bis Sumika wirklich begreifen konnte, wirklich verstand, was dies bedeuten würde. Es würde die alten Zeiten, ihre Schulzeit, die Kindheit mit Kuraiko und ihre wundervollen Erinnerungen wieder aufleben lassen. Die Gegenwart wäre für die Zeit des Tees bei Herrn Shinobu vergessen. Sie konnte bei dem Gedanken daran nicht anders, als zu lächeln. Ihr Mund, ihre Augen, einfach

alles an ihr strahlte beim Blick in das hoffnungsvolle Gesicht ihres Nachbarn. Sie hätte natürlich nicht sagen müssen, was sie von seinem Vorschlag hielt, konnte es aber einfach nicht zurückhalten.
„Das wäre wundervoll, Herr Shinobu. Schon so lange bin ich nicht mehr bei Ihnen gewesen. Bestimmt haben Sie viel zu erzählen und ich kann Ihnen vielleicht auch mehr von mir sagen als bei diesem kurzen Treffen auf der Straße. Wenn ich Sie also nicht störe, dann…".
„Das tust du sicher nicht, meine liebe Sumika!".
Noch bevor sie ihren Satz vollenden konnte, ging er dazwischen.
„Im Leben eines alten Mannes gibt es nicht mehr so viel, auf das er sich freuen kann. Meine Frau ist ja schon so lange nicht mehr und mein Sohn höchstens von Zeit zu Zeit Anstandsgast. Du würdest mir also einen Gefallen tun, Sumika - nicht umgekehrt. Und deshalb", flüsterte er als sei es eine streng geheime Information, „kaufe ich auch deine Lieblingskekse!".
Wieder lachten beide unbeschwert und herzlich. Da ergriff Sumika, immer noch gerührt von Herrn Shinobus Aussage, das Wort.
„Morgen hätte ich Zeit. Wie wäre es also, am Samstag um 15.00 Uhr? Passt es Ihnen da?".
Noch bevor er antwortete, ging Sumikas Nachbar schon durch sein Eingangstor. Fast als könne er nur im Laufen über den vorgeschlagenen Termin nachdenken, ging er weiter. Am Hauseingang angekommen, drehte er sich um und rief ihr schon fast entgegen:

„Ich bin Rentner und habe immer Zeit!", wieder untermauert von diesem großväterlichen Lächeln, das Sumika nur zu gut kannte. Als er danach im Haus verschwand, atmete sie kurz aber tief durch.
„Tja, sieht so aus, als hätte ich mein Date für morgen!". Schmunzelnd und an Kuraikos Aktion gestern im Korridor der Uni denkend, ging sie die wenigen Schritte zum Eingangstor ihres Hauses. Doch als sie schon fast die Hand auf den Griff des gusseisernen Tors gelegt hatte, fiel ihr wieder ein, was sie eigentlich hierher verschlagen hatte. Denn trotz der Aussage von Herrn Shinobu, die einfach in ihrem Gedächtnis keinen Platz finden wollte, war nicht klar, wo denn nun tatsächlich der Müllbeutel des gestrigen Abends abgeblieben war. Sie zog also ihre Hand zurück und schwenkte wieder in die Richtung um, aus der sie gerade gekommen war. Es ließ ihr einfach keine Ruhe. Die Zweifel nagten an ihr und würden nicht eher aufhören, bis sie mit eigenen Augen gesehen hätte, was Herr Shinobu gesagt hatte. Somit ging sie, schlich sie noch einmal an dessen Eingangstor vorbei und machte sich diesmal schnelleren Schrittes auf zum Müllplatz. Noch immer war die Straße menschenleer. Endlich dort angekommen, kostete es Sumika nur wenige Blicke um tatsächlich ihren Müllbeutel, den sie nach dem Abendessen ihrer Eltern doch im genkan abgestellt hatte, zu sehen. Es bestand kein Zweifel daran, dass er es war - der einzige Beutel, der mit roten statt mit blauen Kordeln zugebunden war. Und so groß doch noch vor wenigen Augenblicken die Freude über die Einladung ihres

Nachbarn und die Erinnerung an frühere Zeiten gewesen war, so sehr stieg die Sorge in ihr auf. Schon auf dem Rückweg zu ihrem Haus kreisten ihre Gedanken nur um eine einzige Frage, die drohte, sie auch in der Folge nicht loszulassen:
„Wieso konnte sie sich nicht daran erinnern?".

Nachdem Sumika wieder zu Hause angekommen und ihrem Zimmer alles für die zu erledigenden Uniaufgaben herausgesucht hatte, hoffte sie, dass die Arbeit sie vielleicht davon ablenken könnte. Und zumindest für die erste Zeit funktionierte dies auch sehr gut. Obwohl sie das niemals - insbesondere nicht vor Kuraiko und Masaru - zugegeben hätte, doch ihr Studium machte ihr wirklich Spaß. Natürlich war es anstrengend, für die Klausuren zu lernen und Seminararbeiten auszuarbeiten, doch auch schon zu Schulzeiten hatte sie diese Herausforderungen immer mit Freude angenommen. Sie konnte sich vollkommen darin verlieren, Literatur zu studieren, zu recherchieren und zu formulieren. Ihre Umgebung, die Menschen um sie herum, sogar die Zeit, einfach alles wurde zur Nebensächlichkeit. Nur noch die Bewältigung der Aufgabe war es, die Sumika beschäftigte. Es war ein Zustand wie in Trance. Doch dieser hatte nicht nur Vorteile. War die Aufgabe beendet, verschwand er mit ihr. Dies war dann die anfälligste Zeit, wieder abgelenkt zu werden, an andere Dinge zurückzudenken - zum Beispiel ihren angeblichen nächtlichen Ausflug zum Müllplatz. Und just an diesem Tag hatte sie die Aufgabe, die eigentlich den kompletten Tag hätte füllen sollen, schon nach vier Stunden beendet. Die Uhr schlug 15 Uhr, als der letzte Punkt hinter der letzten Quellenangabe zu ihrem Exposé eines Forschungsprojektes gesetzt war. Sie ließ sich in die Rückenlehne des Sessels fallen, streckte die Arme weit nach hinten und damit ihren gesamten Körper. Ein zufriedenes Lächeln auf den Lippen, war sie froh, so zügig diese Aufgabe an ihrem Home-Office-Tag beendet zu haben. Doch nach einem kurzen Moment der Erleichterung keimte der Gedanke auf, der sie wohl nur vorübergehend verschont hatte, der aber keineswegs gegangen war. Sumika wusste, dass das nochmalige Durchlesen dessen, was sie geschrieben hatte, keinen Sinn machen würde. Zu sehr steckte sie in der Arbeit drin. Selbst, sollten Fehler im Text sein, würde sie sie höchstwahrscheinlich nicht bemerken. Insofern speicherte und schloss sie das Dokument und sah nun nichts als den Bildschirmschoner vor sich. Die rot glühende Sonne über dem Tenkaiichi-Park, die schon fast hinter dem Horizont verschwunden war, blickte ihr entgegen. Und es dauerte nicht lange, da wanderten die Gedanken vom Sonnenuntergang, zur Nacht und schließlich der Beobachtung Herrn Shinobus. Trotzdem wollte sie es nicht aufgeben und unternahm noch einen letzten Versuch, diese zu vertreiben. Sumika zog einen grünen Hefter aus ihrem Rucksack, der gleich neben dem Schreibtisch stand und schlug ihn auf. Sie legte ihren Kopf in beide Hände, die Ellenbogen auf ihren

Schreibtisch gestützt. Tief und ruhig, fast schon rhythmisch atmete sie ein und aus.
Nachdem Sumika einige Minuten die aufgeschlagene Seite angeschaut hatte, schloss sie die Augen.
„Also, Miyake und Kollegen fanden in einer Studie an College Studenten im Jahr 2000 heraus, dass es insgesamt drei verschiedene Bestandteile der Exekutiven Funktionen gibt. Da wäre die Inhibition, also die Fähigkeit Umgebungsreize abzuschirmen. Diese kann mit…, mit…"
Sumika kniff ihre Augen zusammen. Ihr war die Anstrengung anzusehen.
„…dem Wisconsin Card Sorting Test geprüft werden".
Sie öffnete blitzartig die Augen, überflog die beiden Seiten im Hefter vor ihr und ließ ihren Kopf hängen.
„Es bringt nichts. Ich kann mich nicht mehr konzentrieren".
Doch just in diesem Moment kam ihr ein weiterer Spruch ihres Vaters in den Sinn. Sie schloss den Hefter, verstaute ihn wieder ordentlich in ihrem Rucksack und schaltete den Bildschirm ihres Computers an:
„‚Es genügt nicht, zum Fluss zu kommen, mit dem Wunsch, Fische zu fangen. Man muss auch das Netz mitbringen'.
„Und genau das tue ich jetzt, Papa. Auch, wenn wir beide vielleicht an ein klein wenig andere Netze denken…"
Sumika schmunzelte, als sie jenen Gedanken fasste und in diesem Augenblick in eine Internetsuchmaschine die Begriffe „Schlafprobleme" und „Gedächtnis" eingab.

Was ihr dann als Ergebnis angezeigt wurde, schien jedoch kaum auf ihre Probleme zugeschnitten zu sein. Neben dutzenden von Medikamenten, die wohl so viel versprachen, dass man es tatsächlich nur im Halbschlaf glauben konnte, spekulierte jede aufgerufene Seite wild und alles andere als fundiert, was Schlafprobleme herbeiführen könne. Von dem heutzutage für fast alles Negative verantwortliche gemachten Stress über magnetische Strahlungen bis hin zu genetischen Ursachen fand jeder Argumente, die die eigene Sicht der Dinge untermauerten - und doch am Ende nichtssagend blieben.

„Was hatte ich eigentlich erwartet?", fragte sich Sumika in Gedanken.

„Schließlich weiß ich ja nicht einmal, wie der Fisch aussieht, den ich fangen will. Und außerdem: Ich bin doch sonst die letzte, die versucht, ihre Probleme mit dem Internet zu lösen".

Tatsächlich war Sumika wohl eine junge Frau, die von vielen Gleichaltrigen als altmodisch bezeichnet worden wäre. Zwar hatte sie ein Handy, doch mehr als ein Accessoire im Retro-Stil war das nicht. Im Gegensatz zu den jetzt überall zu findenden Smartphones und Tablets, machte das wirklich noch zum Telefonieren vorgesehene Modell Sumikas nicht viel her. Zwar war es ihr ständiger Begleiter, doch entweder aus oder wenn nicht, dann eher unfreiwillig an. Es konnte schon einmal ein ganzer Tag vergehen, bis sie bemerkt hatte, dass es durch einen Tastendruck angeschaltet wurde und nur noch eine Ziffer

beim finalen Eingabeversuch ihres Pincodes fehlte. Aber selbst das hätte sie eher als frohe Botschaft gesehen. Von Kuraiko und Masaru wusste sie vor allem eins: Das Handy klingelte immer zum ungünstigsten Zeitpunkt. Das und auch eine gewisse Angst vor dem, was sich in Folge des Anrufs ergeben könnte, hielten Sumika ab, sich näher mit ihrem Mobiltelefon zu beschäftigen.
„Wenn das mal keine sich selbst erfüllende Prophezeiung ist. Ich suche nach ein paar Hinweisen zu meiner Situation im Internet und finde nichts. Aber man kann mir nicht vorwerfen, ich hätte nicht gesucht".
Schon kurz davor, ihre Recherche abzubrechen, klickte sie noch den letzten Treffer auf der ersten Ergebnisseite der Suchmaschine an. Zumindest schien es keine weitere dieser Pharmaseiten zu sein, die ihre Medikamente anpreisen wollten, was schon fast das beste Mittel gegen Schlaflosigkeit war. Den Kopf zur Seite geneigt und in ihre linke Hand gelegt, klickte sie auf den Link - gelangweilt. Doch dies änderte sich schlagartig. Statt bunt blinkende Anzeigen zu sehen, wurde der Bildschirm tiefschwarz. Zuerst dachte Sumika, sie habe sich einen Virus eingefangen, doch noch bevor sie dies überprüfen konnte, tauchten auf einmal Schriftzeichen auf dem Display auf. Weiß, in einer mittelalterlich wirkenden Schrift zogen die Zeichen vorbei. Von rechts nach links, oben nach unten, diagonal. Immer schneller wurden sie, bis schließlich alle zu einem Punkt in der Mitte verschmolzen. Ein weißes Licht, eine Art Ring konnte sie

nun sehen. Doch was hatte dies zu bedeuten? Plötzlich schoss es durch ihren Kopf:
„Das, das ist doch. Das ist doch genau dasselbe, das ich auch immer in meinen Alpträumen sehe! Alles um mich herum ist dunkel und dann kommt immer dieses Licht, das mich aufweckt. Aber, woher, ich meine, wie…?".
Wie gebannt rückte Sumika näher an den Bildschirm heran. Faszination und Ungläubigkeit konnte sie selbst in ihren vom Bildschirm zurückgeworfenen Augen erkennen. Sie wollte wissen, was dies zu bedeuten hatte, sie wollte wissen, wie jemand exakt dieses Bild wiedergeben konnte, welches sie beinahe jede Nacht vor sich sah. Das Bild, von dem sie regelmäßig vollkommen verschwitzt aufwachte, das schon seit Wochen für die immer größere Erschöpfung auch tagsüber verantwortlich war. Da veränderte sich der Bildschirm wieder. In dem hellen Fleck waren dunkle Punkte zu sehen. Erst klein, dann immer größer werdend, zerrissen sie das Licht und schienen selbst, eine neue Form zu schaffen. Immer mehr bildeten sich klare Konturen heraus. Sumika hatte - so dachte sie zumindest - jede einzelne Faser in ihrem Körper bis zum Zerreißen gespannt, als die Flecken Schritt für Schritt ein Buchstabenmuster, einen Satz formten. Da stand er nun. Alles und doch nichts sagte er:
„Licht am Ende des Tunnels".
So las es sich. Sollte diese unglaubliche Übereinstimmung mit Sumikas Träumen doch nur Zufall gewesen sein? Schließlich zerfiel ihr Licht nicht, sondern wurde sogar immer größer, bevor die Dunkelheit wieder

über sie hereinfiel. Doch beim Fahren mit der Maus über den Schriftzug konnte sie sehen, wie sich der Zeiger veränderte. Es versteckte sich also ein Link hinter der Botschaft. Sie hob ihren rechten Zeigefinger, doch stoppte Millimeter vor der Maustaste. Für einen Moment zögerte Sumika, diesem Link zu folgen:
„Soll ich es wirklich tun? Ich weiß nicht, was sich dahinter verbirgt. Natürlich könnte das nur eine gekonnte Strategie sein, aufzufallen - die Übereinstimmung mit meinen Träumen Zufall. Aber was, wenn nicht? Was, wenn ich etwas erfahre, das ich gar nicht erfahren will? Mama, Papa, sie kommen ohne mich nicht zurecht. Sollte ich ins Krankenhaus müssen, hätten sie keinen mehr, der ihnen jeden Tag ihre Opfergabe überreicht, der mit ihnen spricht und an sie denkt, selbst, wenn sie nicht da sind…".
Etwas Grauenvolles ergriff Besitz von ihren Gedanken.
„Was, wenn mir keiner mehr helfen kann?".
Sie blickte sich um, fuhr sich durch das wieder getrocknete Haar. Nach links, rechts und zurück bewegte sich ihr Kopf, wobei sie doch schon längst quasi kopflos war. Da fiel ihr Blick auf ihr Bett und die kokeshi.
„Los Sumika, tu es, sonst verpasst du viele schöne Tage!".
Sie schüttelte den Kopf und ließ diesen gegen das Kopfende ihres Sessels fallen. Tief atmete sie ein und aus, die Augen geschlossen. Da nahm sie ihre rechte Hand von der im einfallenden Sonnenlicht schimmernden Maus und wischte sich über die leicht feuchte Stirn.
Stille.

Über Sekunden verharrte Sumika regungslos. Noch immer war auf dem Bildschirm die kleine Hand über dem Link zu sehen. Da zuckte ein plötzlicher Energiestoß durch Sumikas Körper. Schnell, ohne Umwege griff ihre Hand wieder nach der Maus und drückte die linke Taste. Langsam baute sich eine neue Seite auf. Währenddessen wiederholte sie immer und immer wieder denselben Satz in Gedanken:
„Auch der Baum, unter dem man Schutz sucht, lässt Wasser durch".
Da sah sie den Inhalt der Seite. Mit großen, sich immer mehr weitenden Augen starrte sie gebannt auf ihren Inhalt. Es war unglaublich. Das konnte nicht sein.

„Herr Shinobu, das ist mir wirklich unangenehm!".
Sumika strahlte bis über beide Ohren als nun auch noch die dritte ihrer Lieblingskekssorten vor ihr stand. Jeweils in einer kleinen, aufwendig verzierten Schale fand sie etwas, das ihr nicht nur das Wasser im Munde zusammen laufen ließ, sondern viel mehr für sie war als einfaches Gebäck. Es war eine Erinnerung an ihre Kindheit, an ihre Eltern.
„Das muss es doch nicht, meine Kleine! Ich habe dich doch wohl nur überredet, heute zu mir zu kommen, mit dem Versprechen, dir diese zu servieren. Und je mehr ich davon habe, desto länger bleibst du mir erhalten".
Auch dem alten Herr Shinobu konnte man die Freude über dieses Treffen sichtlich ansehen. Und nur ein flüchtiger Blick Sumikas genügte, um zu sehen, dass

dieser Besuch von ihr wohl wirklich eine absolute Ausnahme war. Schon beim Betreten der Wohnung fiel ihr etwas auf. Egal ob es die Hausschuhe, das Geschirr, das Gedeck oder der Tisch war. Man konnte ganz genau sehen, dass Besuch schon seit einer geraumen Zeit nicht mehr den Weg in das Haus ihres Nachbarn gefunden hatte. Alles war - vom ordnungsliebenden Herrn Shinobu nicht anders zu erwarten - in einem tadellosen Zustand. Doch genau das war es, was Sumika zu dieser Schlussfolgerung veranlasste. Jeweils nur einmal wies alles in diesem Haus die für den alltäglichen Gebrauch typischen Spuren auf. Nur ein Paar Schuhe, war an den Rändern leicht ausgefranst, Sumikas Geschirr war, obwohl es sich um genau das gleich wie Herrn Shinobus handelte, nahezu unbenutzt. Am traurigsten jedoch wurde sie beim Betrachten der Sitzecke. Rund um die Plätze war der kleine Teppich auf dem Tisch und Stühle standen von der Sonneneinstrahlung schon leicht verbleicht. Als sie ihren Stuhl hervorzog, blickte sie unter dessen Beine und sah das leuchtende Rot des Teppichs, so wie er ursprünglich ausgesehen haben muss. Doch dort, wo sie Herrn Shinobu jeden Morgen sitzen sah, erschien der Teppich ebenso bleich wie an fast allen anderen Stellen. Er hatte also tatsächlich niemanden mehr.
Während ihr diese Gedanken durch den Kopf gingen, sah sie den alten Mann langsam aber sicher zu genau diesem, seinem Platz gehen. Er stützte sich leicht auf dem Tisch vor ihm ab und ließ sich unter einem kurzen Stöhnen auf den Stuhl fallen. Sumika, die anstandshalber aus dem

Fenster geblickt hatte, wandte sich ihm zu und zeigte sich von ihrer besten Seite.
„Denken Sie wirklich, ich bin nur wegen der Kekse da?".
„Na ja", er grinste schelmisch, „als Kind war es jedenfalls so. Du kamst genau dann mit deiner Freundin vorbei, als meine Frau gerade welche gebacken hatte. Das war für uns immer ein richtiges Fest. So viel Leben hatten wir schon damals nicht mehr in unserem Haus, denn Takahiro war ja auch schon fast erwachsen...".
Sumika merkte, dass sich ihr Nachbar in der Vergangenheit zu vergessen drohte und schritt ein: „Tja!".
Keck nahm sie sich einen Keks aus der Schale vor ihr und biss eine kleine Ecke davon ab.
„Vielleicht haben Sie ja Recht!".
Beide grinsten einander an. Im letzten Augenblick war es ihr gelungen, ihren Nachbarn vor Resignation und Nostalgie zu bewahren, ihn ins Hier und Jetzt zurückzuholen. Denn natürlich wusste Sumika um die Geschehnisse, die zur Trennung der Shinobus vor nun mittlerweile mehr als zehn geführt hatten. Waren sie gerade noch ein nettes älteres Pärchen, das nichts lieber tat, als den jeweiligen Lebensabend an der Seite des anderen zu verbringen, wandte sich Frau Shinobu von einem Tag auf den anderen vollkommen ab. Das war auch der einzige Tag an dem sich Sumika bewusste erinnern konnte, nicht Herrn Shinobu gesehen zu haben, als sie morgens aus dem Haus ging. Es war der Tag an dem seine Frau mit lediglich zwei Koffern und ihren

wichtigsten Habseligkeiten Hals über Kopf das Haus und ihren Mann für immer verlassen hatte. Lange hatte Sumika nicht erfahren, weshalb es dazu kam, hatten ihre Eltern doch Stillschweigen darüber bewahrt. Insbesondere ihre Mutter, die mit Frau Shinobu eng befreundet war, nahm all dies trotzdem sehr mit. Als Sumika ihre Eltern Wochen nach dem plötzlichen Auszug gefragt hatte, warum das denn alles so passiert sei, erklärten sie es ihr. So war die Schwester von Frau Shinobu plötzlich schwer erkrankt und sie nun auf Hilfe angewiesen. Da aber ihr Mann unmöglich so schnell eine neue Arbeit finden konnte, blieb er hier. Weil beinahe zum gleichen Zeitpunkt auch sein Sohn Takahiro ein Stipendium für ein Auslandsjahr an einer englischen Universität bekam, war er ab diesem Zeitpunkt allein. Natürlich wollte Sumika schon damals sofort zu ihm und Gesellschaft leisten. Doch ihre Eltern hielten sie davon ab. Zwar würde sich ihr Nachbar riesig freuen, sie zu sehen, doch irgendwann müsse sie ihn ja auch wieder verlassen und nach Hause zurückkehren. Das könnte ihn nur noch trauriger machen. Sumika verstand das. Jetzt noch mehr als damals. Immer wenn sie ging, hätte Herr Shinobu einen weiteren Verlust erlebt. Da war es besser, wenn sie ihn jeden Tag sehen würde. Jeden Tag, wenn sie zur Schule aufbrach, hielt sie kurz inne und winkte dem frühstückenden Nachbarn zu. Als sie dies ihren Eltern erzählte, bekam sie ein sehr seltenes Lob ihres Vaters, der sie ermunterte, ihn so auch in Zukunft zu erfreuen. Seit diesem Tag also war es ein tägliches Ritual.

Und Sumika malte sich aus, wie stolz ihre Eltern wohl gerade sein mögen. Jetzt, wo sie nach all den Jahren wieder im Haus ihres Nachbarn war und ihm wohl den freudigsten Tag seit einiger Zeit bereitete.
„Ich hoffe, deine Freundin ist auch so fleißig wie du, Sumika. Sie studiert doch bestimmt auch, oder? Wie hieß sie denn nur gleich…".
Von seiner eigenen Frage in diese Bredouille gebracht, versuchte er nun sichtlich angestrengt auf ihren Namen zu kommen. Es schien ihm mehr als nur ein wenig peinlich.
„Sie meinen Kuraiko?".
„Ja, genau so hieß sie!".
Sumika konnte seine hochgezogene Stirn und die weiten Augen infolge seiner Erinnerung sehen.
„Das stimmt. Kuraiko studiert auch und sogar an der gleichen Universität wie ich. Aber ein anderes Fach. Sie hat sich für Wirtschaft entschieden. Ihr lag es ja schon immer besser als mir, mit Geld umzugehen und vor allem das auch auszugeben. Vielleicht ist sie ja jetzt in genau diesem Moment gerade dabei, ‚die Wirtschaft anzukurbeln', wie sie immer sagt. Haben Sie sie denn in letzter Zeit gar nicht mehr gesehen? Schließlich wohnt sie noch in ihrem Elternhaus gleich um die Ecke…".
„Ach weißt du, Sumika. Da bin ich mir gar nicht so sicher".
Er nahm sich auch einen Keks aus der Schüssel.
„Vor einigen Tagen habe ich mal ein Mädchen vielleicht so in deinem Alter hier entlanggehen sehen. Das muss

gegen 13.00 Uhr gewesen sein, denn gerade hatte ich mich aufgemacht, um mir das Mittagessen zu machen. Ich war mir zuerst sicher, dass es Kuraiko war. Gerade wollte ich ihr zuwinken, da sah ich, wie sie sich umdrehte und mit einem jungen Mann sprach. Die beiden fielen sich dann in die Arme und na ja, wie soll ich sagen…"
Sumika kicherte leicht.
„Sie hatte da keine richtigen Augen mehr für Sie, oder?".
„Genau so war es! Du kennst dich da aber gut aus!".
„Ach was. Wenn Kuraiko verliebt ist, ist sie schon fast berüchtigt dafür, dass sie außer ihrem Verehrer keinen mehr wahrnimmt".
Da lehnte sich Sumika leicht nach vorn. Ihre Stimme wurde leiser. Sie redete fast so, als hätte sie Angst, von jemand anderem gehört zu werden.
„Herr Shinobu, wissen Sie vielleicht noch, wie ihr Freund aussah?".
Dieser fragte überrascht.
„Du kennst ihn wohl noch gar nicht? Aber ihr beiden wart doch früher unzertrennlich und habt alles, den ganzen Tag zusammen gemacht".
Wie ertappt, versuchte Sumika schnell das Thema zu wechseln. Ihre Neugier war ihr ein wenig zum Verhängnis geworden. Sie versuchte zwar, nicht zu erröten oder es zumindest weg zu lächeln, doch ob dies gelang oder nicht, konnte sie nicht sagen.
„Ähh. Nein! Also, doch! Ich meine, wir sind ja keine kleinen Kinder mehr, die immer zusammen sein müssen,

um beste Freundinnen zu sein. Bestimmt stellt sie ihn mir bald vor!".
Herr Shinobu grinste.
„Da freue ich mich aber, dass ihr nach wie vor so gut befreundet seid. Manche Sachen überdauern eben doch eine lange Zeit. Aber…", er kam näher an sie heran, „mein Gedächtnis ist leider nicht mehr so gut wie früher". Als sich Sumika fast schon wieder in ihren Stuhl zurückfallen lassen wollte, beugte sich Herr Shinobu noch weiter über den Tisch und flüsterte in ihr Ohr, so verstohlen und leise, mit einem besorgten Unterton als hinge das Schicksal der Welt von der Antwort Sumikas ab:
„Dachtest du wohl, dass es dein Freund ist?"
Sumika zuckte leicht zusammen und zog sich fast schon reflexartig ein Stück zurück. Als die beiden auf ihre jeweiligen Stühle wieder vollkommen zurückgekehrt waren, wusste Sumika, dass es jetzt nicht mehr zu verhindern war. Sicherlich war sie in diesem Moment so rot wie die untergehende Sonne. In diesem Wissen stieg ihre Nervosität nur noch weiter an.
„Also, nein! Natürlich nicht! Wir sind ja Freundinnen und außerdem geht das ja gar nicht. Wen sollte sie mir denn ausspannen. Das…"
Sumika wusste, dass sie sich um Kopf und Kragen redete. Ihr Blick wanderte verschämt auf ihren Schoß. Genau in diesem Moment, für diesen kurzen Augenblick bereute sie es. Alles. Herrn Shinobu getroffen, diese Einladung angenommen und jene allzu neugierige Frage gestellt zu

haben. Das mit Masaru gestern war nur einer von
Kuraikos üblichen Witze. Wieso nur hatte sie das also
gefragt?
Da sah sie auf einmal einen Keks zwischen sich und der
Tischkante vor ihr. Sie hob ihren Blick wieder und
blickte in das Gesicht von Herrn Shinobu, dessen
verständnisvolles Lächeln so großväterlich und vertraut
wirkte wie gestern als er sie im Regen stehend vorfand.
„Entschuldige. Ich wollte nicht aufdringlich sein.
Nimmst du mein Friedensangebot an?".
Wieder dieser Tonfall wie bei der Frage davor. Für einen
Moment starrte sie nur regungslos auf den Keks, atmete
ruhig und tief ein. Da blitze es auf, ihr wunderschönes
Lächeln und mit einem verschmitzten Gesichtsausdruck
entgegnete sie:
„Da können Sie von Glück sagen, dass Sie meine
Lieblingskekse hier haben".
Die unbeschwerte Stimmung der ersten Minuten war
wieder zurückgekehrt und die beiden redeten noch lange
über die vielen Jahre in denen sie nicht dazu gekommen
waren.

Kurz bevor es zu dämmern begann, kam Sumika bei sich
zu Hause an. Ihre vielen Schlüsselanhänger klimperten,
als sie die Tür hinter sich schloss und den Schlüssel noch
ein weiteres Mal drehte, um abzuschließen. Sie beugte
sich nach vorn, löste die Schleifen an ihren Schuhen und
richtete sich dann wieder auf. Noch bevor sie jedoch die
grün-weißen Sneaker ausgezogen hatte, atmete sie tief

und erleichtert aus, ließ sich mit dem Rücken leicht gegen die Tür fallen. Sie war froh und das gleich aus mehreren Gründen. Zum einen hatte sie immer noch den so glücklichen und lebensfrohen Klang der Stimme ihres Nachbarn im Kopf, der genauso sympathisch und herzensgut gewesen war, wie sie ihn als Kind in Erinnerung hatte. Aber auch der andere Grund, der nach jedem geschafften Treffen mit einer anderen Person vorlag, trug zu dieser Freude bei. So nett er gewesen sein mag und so wahr sie auch die Zeit bei ihm genossen hatte, so sehr genoss sie es, danach wieder sicher zu sein - in der Umgebung in der sie ihre eigene Neugier und die Reaktionen anderer darauf nicht fürchten musste, in der sie so sein konnte, wie sie nun einmal war. Nur noch eine kurze Weile verharrte sie, die Augen geschlossen, in dieser Position. Nur noch einen kleinen Moment gab sie sich, um sich von den Anstrengungen des Nachmittages zu erholen. Dann zog sie sich die Schuhe aus, schlüpfte in die bereitstehenden Hausschuhe und verließ den genkan in Richtung Wohnzimmer. Sumika wusste, dass ihre Eltern schon auf sie warteten.
„Mama, Papa! Ich bin zurück. Ihr werdet nicht glauben, bei wem ich gerade war. Gestern nämlich schon habe ich draußen im Regen Herrn…".
Schon während sie sprach, hatte sich Sumika auf den Weg in den ersten Stock, zu ihrem Zimmer gemacht. Denn dort stand ja schließlich der butsudan und ihre Eltern würden sicher staunen, was ihre Tochter zu berichten hatte. Doch als Sumika in der Mitte der Treppe

angekommen war, fror ihr Lächeln ein. Das ihai. Es war nach vorn übergekippt und lag nun in der Mitte des kleinen Schreins. Die sonst in goldenen Lettern erstrahlenden Namen ihrer Eltern waren nicht mehr zu sehen.
„Mama, Papa! Was macht ihr denn?".
Eilig, fast schon hektisch, stellte Sumika, das ihai wieder auf und holte geschwind ein Tuch, um es zu reinigen. Dabei und auch während des Putzens ließ sie die Frage nicht los, wie es dazu gekommen sein konnte. Hatte sie es vielleicht vor dem Weggehen nicht gemerkt und ihre Eltern gar so zurückgelassen? Hatte sie die Kekse bei Herrn Shinobu genossen und die beiden so, in absoluter Dunkelheit und Enge zurückgelassen? Genau in diesem Moment schien ein kleiner durch ihre Haare wehender Luftzug diese Frage zu beantworten. Sumikas rechte Hand wischte die Strähnen aus ihrem Gesicht und plötzlich konnte sie sich erinnern. Sie hatte wegen des schönen Wetters vor dem Treffen mit ihrem Nachbarn und wie eigentlich jeden Samstagmorgen alle Zimmer im Haus gelüftet. Aber hatte sie wirklich vergessen, eines der Fenster wieder zu schließen? Nachdem sie das schwarze Ahnentäfelchen wieder an die dafür vorgesehene Stelle im Schrein gestellt hatte, ging sie rasch in ihr Zimmer und tatsächlich tanzten ihre Vorhänge im Wind, der durch das weit geöffnete Fenster hereinkam. Sumika schloss es. Sie wusste jetzt, wieso das ihai umgefallen war. Aber das reichte ihr nicht.

Sie musste es einfach noch einmal für ihre Eltern erklären. Denn nur so konnte sie sicher sein, dass die beiden, die natürlich um ihre zuweilen verträumte und gedankenversunkene Tochter wussten und auch sie selbst, das auch wirklich glauben würden. Sumika, wieder vor dem butsudan angekommen, holte aus: „Entschuldigt bitte aber ich habe wohl vergessen, das Fenster in meinem Zimmer wieder zu schließen. Durch den Luftzug, der beim Öffnen der Tür entstand, muss es wohl dazu gekommen sein, dass das ihai umgefallen ist. Es tut mir Leid! Das nächste Mal passe ich besser auf!". Mit einer tiefen Verbeugung vor dem butsudan, entfernte sie sich und ging in die Küche. Sie war sich sicher, mit einem leckeren Abendessen als Opfergabe ihre beiden Eltern wieder fröhlich stimmen zu können. Doch für den heutigen Tag würde sie zumindest noch verschweigen, wo sie den Nachmittag über gewesen war. Das wäre wohl etwas zu viel Aufregung auf einmal. Schließlich verbrachte Sumika an den Wochenenden die meiste Zeit im Haus, bei ihren Eltern. Zwar kam manchmal Kuraiko vorbei und die beiden unterhielten sich über dies und das aber in letzter Zeit war das auch eher selten vorgekommen.

„Außerdem gibt es für mich heute noch etwas zu tun". Es sollte etwas sein, das ein für alle Mal, Licht ins Dunkel ihrer Schlafprobleme bringen könnte. Doch die Anspannung, als sie wieder an ihr Vorhaben dachte, mischte sich mit einer Sache, die sie einfach nicht ganz aus ihrem Kopf verbannen konnte. Beim Herausnehmen der Töpfe, dem Zubereiten der Okonomiyaki und sogar beim Essen fragte sie sich, ob es tatsächlich nur ein Luftzug gewesen sein konnte, der das ihai ihrer Eltern hatte umwerfen können.

Schon bald wurde die Sonne in ein immer tiefer und intensiver werdendes Rot getaucht, als sie dem Horizont näher kam. Langsam, kaum merklich, begann sie mehr und mehr dahinter zu verschwinden. Die Nacht stand bevor. Eine Zeit, die von Sumika insbesondere in letzter Zeit alles andere als herbeigesehnt wurde. Nur zu oft weckten heftige Alpträume sie auf, ja, schreckten sie geradezu davon ab, überhaupt schlafen zu gehen. Anfangs hatte sie dies wohl zu sehr auf die leichte Schulter genommen und - wie nicht anders von ihr zu erwarten - selbst darin noch etwas Positives gesehen: „So kann ich wenigstens testen, wie viele Lerndurchgänge ich brauche bis ich vollständig konditioniert bin!".
Das beruhigte sowohl andere, die sie nach einigen Nächten, in denen sie kaum ein Auge zu machen konnten, fragten, als auch sie selbst. Eigentlich nur sie selbst. Denn erstens hatte außer Kuraiko und Masaru niemand diese Frage gestellt und zweitens wurde das Gespräch bei den beiden geschickt in eine umfangreiche Erklärung, welche verschiedenen Konditionierungstechniken es gibt und diverser Studien dazu umgelenkt. Es war einfacher, so damit umzugehen. Für Sumika selbst und die beiden. Doch die Internetseite hatte ihr gezeigt, dass das, was

möglicherweise zu ihren Schlafproblemen geführt haben könnte, alles andere als harmlos war. Ihre Konzentrationsschwierigkeiten von Zeit zu Zeit, die sogar dazu geführt hatten, dass sie das Fenster offen stehen ließ, Gedächtnislücken, die sie sogar vergessen ließen, dass sie den Müll herausgebracht hatte. All dies würde irgendwann nicht mehr so glimpflich ablaufen. Es könnte viel mehr passieren als das. Es musste also sein. Obwohl es ihr selbst am liebsten gewesen wäre, diese Sache einfach auszusitzen, wusste sie, dass es nicht ging. Eine Lösung würde sprichwörtlich nicht über Nacht kommen. Es sei denn, man tat etwas dafür. Und gerade machte sich Sumika genau daran. Sie tat etwas. Nachdem das Abendessen zubereitet, gegessen und auch das Geschirr ihrer Eltern abgewaschen war, nahm sie die Gläser, die sie gerade in den Küchenschrank gestellt hatte, wieder heraus. Doch Sumika hatte nichts vergessen. Auch wenn es vielleicht genau diesen Eindruck machen sollte. Sie nahm jedes der Gläser und ließ aufs Neue Wasser hineinlaufen. Diesmal goss sie es aber nicht wieder aus. Die Gläser blieben zu circa drei Vierteln mit Wasser gefüllt. Aber was bloß, hatte sie mit ihnen vor? Vorsichtig nahm sie eines der drei und ging in Richtung Wohnzimmer. Die Tür stand offen. Nachdem Sumika sie nahezu, bis auf einen kleinen Spalt durch den gerade noch ihr Arm durchpasste, geschlossen hatte, nahm sie das kurz auf dem Boden abgestellte Glas und positionierte es direkt hinter der Tür. Nur ein kleiner Abstand blieb. Sie schloss die Tür und machte sich auf

den Weg zurück in die Küche. Ein kurzer Blick über die Schulter ließ ihr fast schon schelmisches Grinsen erkennen.
„Da wären´s nur noch zwei…".

Schließlich legte sich Sumika kurz vor Mitternacht zu Bett, nachdem sie eine kleine Notiz geschrieben und an ihre kokeshi angelehnt hatte - in dem Wissen, dass sie am Morgen Klarheit haben würde.

Dann am nächsten Morgen wurde sie nicht durch die ersten Sonnenstrahlen geweckt. Als sie das erste Mal ihre Augen öffnete, blickte sie zwar in ihr helles Zimmer aber, dass kein Wechsel von Licht und Schatten zu sehen war, konnte nur bedeuten, dass zumindest der Start in den Tag bewölkt sein würde. Sie war schon kurz davor, aus dem Bett aufzustehen, da fiel ihr Blick wie jeden Morgen auf die rote und stets lächelnde kokeshi neben ihr. Doch etwas war anders. Sie wünschte ihr nicht nur einen schönen Tag, sondern hatte auch eine andere Botschaft zu übermitteln. Ein ebenso roter Notizzettel fand sich bei ihr. Es war derjenige, den sie am gestrigen Abend selbst dort hingestellt hatte. Insofern überraschte dessen Inhalt nicht wirklich:
„Türen vorsichtig öffnen!!", stand da.
Zwar war sie sich sicher, dass sie es nicht vergessen würde aber wollte trotzdem sicher gehen. Denn genau wie so oft schon, hatte sie auch diesmal wieder einen dieser Alpträume, der sie mitten in der Nacht

hochschrecken ließ - die Bettdecke neben ihr liegend und ihr Kissen weit weg von dem Ort, wo sie es vermutet hätte. Sie musste sich heftig bewegt haben und im Schlaf nahezu um sich geschlagen. Manchmal, bei besonders schlimmen Träumen, musste sie am nächsten Morgen, den kleinen Schrank in der Nähe ihrer Füße aufräumen, weil Sachen, die ehemals auf ihm standen, jetzt am Boden verstreut waren. Wie viel hatte sie sich also diesmal im Schlaf bewegt?

Mit einem entschlossenen und ernsten Gesicht wie nur selten machte sie sich auf, dies herauszufinden. Schon den Weg zur Tür ging Sumika auf Zehenspitzen, als liefe sie über ein Feld voller glühender Kohlen. Und der Schweiß auf ihrer Stirn schien dies sogar noch zu untermauern. An der Tür angekommen, drückte sie die Türklinke, öffnete die Tür aber nicht, sondern lehnte sie nur an. Da ging sie in die Hocke, griff mit ihrem Arm durch den Türspalt und tastete sich auf dem Boden im Flur voran. Sie suchte etwas. Sie suchte das mit Wasser gefüllte Glas, das sie am Abend zuvor dort abgestellt hatte. Und schließlich fand sie es auch. Doch nicht das kühle, glatte Glas ließen ihre Finger sie spüren. Es war der kalte, nasse Holzboden, den sie ertastete. War sie bis dahin noch errötet vor Anstrengung, wich in diesem Moment alle Farbe aus ihrem Gesicht. Sie öffnete den Mund, als wolle sie etwas sagen aber nichts kam heraus. Ein entsetzter Blick war alles, was ihrer momentanen Verfassung Ausdruck verlieh - und schon mehr als genug, um diese eindeutig, klar und unmissverständlich zu

beschreiben. Dann, nach einigen Sekunden kam sie doch zu Wort, wenngleich es sich nur um einzelne Satzfetzen, handelte. Wenn überhaupt:
„Das…, das…, nein!".
Mehr nicht. Einzig dies, vermochte sie in diesem Augenblick zu sagen. Sie konnte nicht glauben, dass etwas, das eigentlich mehr ein kleiner Spaß, denn wirklicher Versuch, hinter ihre Schlafprobleme zu kommen, war, jetzt tatsächlich die Antwort geliefert hatte. Und auf einmal passte auch alles zusammen. Es lag nicht an ihrem Gedächtnis, dass sie sich nicht daran erinnern konnte, den Müll weggebracht zu haben. Es war nicht der Schlafmangel, der ihrem Erinnerungsvermögen zusetzte. Auch ergaben jetzt die Bilder, die sie Alptraum für Alptraum sah, Sinn. Dass sie nur von Dunkelheit umgeben war, immer ein kühles Seidenkleid auf ihrer Haut spürte und dann ein grelles, immer heller werdendes Licht sah, das auf sie zukam und größer wurde. All das war ihr von einem Moment auf den anderen vollkommen klar. Das waren keine Alpträume. Das war real, Denn sie, Sumika Maboroshi, war eine Schlafwandlerin.
Es dauerte eine Weile, bis sie diese schockierende Erkenntnis verstanden hatte. Langsam wich der ungläubige Schock. Nachdem sie noch versuchte hatte, andere Erklärungen für das umgefallene Wasserglas vor ihrer Tür zu finden, die eher hoffnungsvoll als realistisch waren, musste sie sich zusammenreißen. Sumika atmete tief ein und aus. Das Blut rauschte in ihren Ohren und sie hatte den Eindruck, dass ihr Herz jeden Moment aus ihrer

Brust springen würde - so stark zitterte ihr ganzer Körper bei jedem Schlag. Mit jedem neuen Atemzug nahm das Zittern ein wenig ab. Ihr Puls wurde langsamer, das Herz beruhigte sich. So konnte sie ihren Eltern nicht gegenübertreten. Sofort hätten diese erkannt, dass etwas mit ihr los war, etwas Schwerwiegendes. Sie waren nun schon lange nicht mehr da aber immer noch hätten sie das einfach gespürt und sie wissen lassen, dass sie es tun. Es galt also, sich zu beruhigen. Zumindest vorübergehend, denn schließlich war es an der Zeit, das Frühstück zu machen. Bis jetzt war außerdem noch nichts verloren.

„Vielleicht ist das Glas wirklich durch etwas Anderes umgefallen. Genau wie bei dem ihai gestern, könnte ja… Nein! Nein! Nein!", energisch schüttelte Sumika den Kopf.

„Nicht schon wieder so eine Ausrede!".

Bevor sie sich jedoch wieder in ihren Gedanken verlieren konnte, erschien das ihai vor ihrem geistigen Auge. Sie hatte eine Verantwortung ihren Eltern gegenüber, ehrlich zu sich zu sein. Zwar stand wirklich noch nicht fest, dass sie selbst das Glas beim Öffnen der Tür als Schlafwandlerin umgestoßen hatte. Die Chancen hierfür waren aber sehr groß. Sollten die anderen Gläser ebenso umgefallen sein, dann ist ihr Schlafwandeln die einzige Erklärung - sollte sie nicht gleich feststellen, dass Einbrecher sie und ihre Eltern heimgesucht hatte. Also atmete sie noch einmal tief durch und ging in den Flur - so wie immer in Richtung Küche.

Kurz bevor sie den Fuß auf die erste Stufe der Treppe in Richtung Erdgeschoss setzte, hielt sie noch einmal kurz inne. Ihre beiden Arme eng an den Seiten und die Füße akkurat nebeneinander, war das die letzte Gelegenheit all das, was sie jetzt beschäftigte zumindest für einen Augenblick auszublenden - von sich abzustreifen wie ein benutztes Kleidungsstück, das schon bald wieder angezogen werden würde. Noch konnte sie ihre Eltern nichts davon spüren lassen. Sie wusste ja selbst noch nicht einmal, was sie überhaupt fühlen sollte. Zu unrealistisch, zu surreal mutete all das an. Ein tiefer Luftzug noch und dann würde sie wieder die alte Sumika sein. Das unbeschwerte, naive, verträumte Mädchen, das für ihre Eltern ihr ein und alles war. Das Mädchen, das sich immer um sie kümmern würde. Das Mädchen, das sie niemals traurig machen könnte. Ihr rechter Fuß hob sich und betrat die erste Stufe. Es war also soweit.
„Guten Morgen, Mama, guten Morgen Papa! Habt ihr gut geschlafen? Also ich bin ins Bett gefallen wie ein Stein, nachdem ich gestern weg gewesen bin. Ihr wisst ja, wie sehr mich das immer anstrengt, wenn ich mich mit anderen treffe. Aber natürlich hat es auch großen Spaß gemacht. Ihr freut euch ja jedes Mal, wenn ich mich entscheide „etwas Normales" zu machen…".
Ein kleines Lächeln huschte über ihr Gesicht.
„Du vielleicht nicht ganz so sehr, oder Papa?".
Behutsam streichelte sie über seinen Namen auf dem ihai. Ihr Lächeln blieb aber der Ausdruck wandelte sich. Ihre Stimme wurde leicht brüchig.

„Ich werde immer dein Mädchen bleiben, Papa. Keine Sorge!".
Nur unter großen Mühen konnte Sumika ihre sich in den Augen sammelnden Tränen zurückhalten. Warum? Warum nur, musste sie das alles vor ihren Eltern verheimlichen? Wenn Nacht für Nacht jemand an ihrem butsudan vorbeiging, dann wussten sie es doch schon. Wieso das alles?
„Nein. Ich kann es ihnen noch nicht sagen. Sie werden bestimmt sagen, dass ich zu einem Arzt gehen, mich überwachen lassen soll, obwohl sie wissen, dass sie dann alleine bleiben würden. Alleine bleiben müssten".
Niemand könnte sich so um ihre Eltern kümmern wie sie. Und gerade hatte sie es doch ihrem Vater versprochen. Sie würde immer sein kleines Mädchen sein. Und dazu musste sie wie ein großes Mädchen auch selbst damit umgehen. Vielleicht, nur vielleicht kam all das gerade Recht. Gerade Recht, um ihr eben gegebenes Versprechen einzuhalten.
„Papa, jetzt weine ich auch noch fast wegen dir".
Ihr über die Maßen vorwurfsvoller Tonfall verriet, dass sie in diesem Moment wirklich wieder die alte Sumika war, die nur so vor Zuversicht und Optimismus strotze. Sie hatte eine Entscheidung getroffen und wieder einmal waren es ihre Eltern, die wichtigsten Personen in ihrem Leben, die diese erst möglich gemacht hatten.
Als sie sich nach einer kurzen Verbeugung vor dem ihai verabschiedet hatte und ankündigte, bald das Frühstück vorbeizubringen - das „klassische Frühstück ans Bett",

wie sie es immer nannte - ging sie die Treppe hinunter. Nichts war mehr zu sehen von dem so behutsamen und unsicheren Gang von vor wenigen Augenblicken. Sicher, resolut und bestimmt schritt sie hinunter. So als würde genau das auch die Art und Weise sein, wie sie mit ihrem Problem umgehen würde.

„So ist das also!".
Fasziniert blickte Sumika auf den Bildschirm ihres Computers. Immer mehr reifte in ihr der Gedanke, dass das, was sie noch am Morgen als vollkommen unglaublich und geradezu unmöglich eingeschätzt hatte, gar nicht so selten war, wie gedacht. Nach einiger Recherche in diversen Online-Lexika änderte sich ihr Bild zu der Krankheit, die sie höchstwahrscheinlich schon seit geraumer Zeit quälte und ihr die Ruhe im Schlaf verwehrte. Denn tatsächlich war es eine Krankheit. Nichts als eine normale Krankheit. Bei diesem Gedanken musste sie selbst ein wenig schmunzeln.
„Nun gut, so ‚normal' ist es vielleicht doch nicht aber zumindest nicht vollkommen verrückt. Was man über meine Aktion mit den Wassergläsern wohl nicht unbedingt sagen kann…".
Trotzdem war sie froh, auf diese Idee gekommen zu sein und somit einen kleinen Einblick in ihr nächtliches Wandern zu gewinnen. Das, was sie nun las, deckte sich damit erschreckend gut.

„Eine so genannte Somnambulie liegt dann vor, wenn Personen, ohne sich später daran erinnern zu können, nächtlichen Aktivitäten nachgehen. Ohne aufzuwachen, können Betroffene auch komplexen Tätigkeiten nachgehen, wobei sie sich durch einen langsamen, unsicheren Gang, verminderte Reaktivität und emotionale Ausdruckslosigkeit auszeichnen. Die Symptomatik wird ausschließlich im Zuge der Tiefschlafphase und nicht während des REM-Schlafs gezeigt. Eine leichte Form der Somnambulie ist vor allem bei Kindern weit verbreitet und genetische Dispositionen werden aufgrund familiärer Häufung der Erkrankung vermutet".

Interessiert, geradezu fasziniert fuhr sie fort.

„Erste Beschreibungen der Erkrankungen sahen im Vollmond einen Auslöser für Somnambulie, was später jedoch widerlegt werden konnte. Auch der weit verbreitete Glaube, schwere Traumata auszulösen, sollte ein Betroffener geweckt werden, konnte in wissenschaftlichen Untersuchungen nicht untermauert werden. Trotzdem ist von einem plötzlichen Aufwecken von Betroffenen abzuraten, da die Personen in der Regel äußerst desorientiert sind. Zumeist kehren Somnambulie Patienten selbstständig in ihr Bett zurück.
Momentan existieren keine wirksamen Therapien, wenngleich die Gabe von Psychopharmaka teilweise

Erfolge mit sich brachte. Laut ICD-10 gehört die Somnambuli zu den Parasomnien."

Fast alles, was dort geschrieben stand, war wie der so lange gesuchte Schlüssel, der endlich die Tür zu ihrem geheimnisvollen Verhalten öffnete. Beinahe alles, für das sie keine Erklärung hatte, passte perfekt zusammen. Die Beobachtung von Herrn Shinobu, der sie den Müll hatte hinausbringen sehen, obwohl sich Sumika daran einfach nicht erinnern konnte, das Gefühl trotz einer scheinbar durchgeschlafenen Nacht erschöpft und müde zu sein und schließlich die umgeworfenen Wassergläser hinter allen drei präparierten Türen, ohne das Spuren eines Einbruchs zu finden waren. Ein Puzzlestück fügte sich ins andere. Nur ein paar Dinge machten Sumika immer noch ratlos: „Wenn so eine große familiäre Häufung bei dieser Krankheit besteht, könnte es vielleicht sein, dass meine Eltern auch an Somnambulismus gelitten haben? Ich habe zwar nie etwas gemerkt aber sie sind mindestens genauso gut wie ich darin, etwas zu verheimlichen, um anderen keine Sorgen zu bereiten. Und direkt fragen kann ich sie ja nicht. Das würde", wieder ein kleines Lächeln, „nur schlafende Hunde wecken".
Das war jedoch nicht das einzige, was sie nachdenklich stimmte, weit mehr als ihre flapsige Bemerkung vermuten ließ.
„Wieso diese Träume?".
Wenn man den Informationen im Internet glauben wollte, dann beschränken sich die nächtlichen Aktivitäten nur

auf Tiefschlafphasen. Der REM, d.h. Rapid Eye Movement oder Traumschlaf, das wusste sie aus ihrem Studium, fand jedoch zu einer vollkommen anderen Zeit statt. Denn in der Regel wird der REM-Schlaf pro Schlafzyklus von zwei Tiefschlafphasen eingerahmt um ein 90 Minuten Intervall zu formen, das sich dann auf ein Neues wiederholt. Wie konnte es dann aber sein, dass sie manchmal - wie sie jetzt wusste - quasi als Beobachterin von außen auf das blickte, was sie während des Schlafwandelns tat?

Ebenso bereitete ihr der letzte Abschnitt des Textes ein wenig Kopfzerbrechen. Sollte es wirklich keine wirksame Therapie geben, wie konnte sie dann weiter damit umgehen? Das Einnehmen von Psychopharmaka erschien ihr angesichts der möglichen starken Nebenwirkungen und den bis heute überwiegend noch nicht geklärten Wirkmechanismen als ungeeignet. Was galt es also zu tun?

Da in genau diesem Moment klingelte das Telefon, einmal, zwei Mal, drei Mal. Gebannt blickte sie auf ihr noch nicht mal eine Armlänge von ihr entferntes Handy. Sumika zögerte, entschied sich dann aber doch, den Anruf anzunehmen. Vermutlich hatte sie sogar schon eine Ahnung, wessen Name auf dem Display aufleuchten würde. Es war der von Kuraiko.

„Hallo?".

„Hey, wie geht´s? Was hast du denn heute so gemacht?".

„Ach, weißt du, nichts Besonderes eigentlich. Ich habe nur herausgefunden, dass ich deshalb immer so müde bin,

weil ich jede Nacht als Schlafwandlerin unterwegs bin und die Gegend unsicher mache".
Genau dies hätte sie eigentlich zu Kuraiko sagen müssen. Und sie schmunzelte leicht bei dem Gedanken daran. Da hätte selbst ihre so unternehmungslustige und um nichts Verrücktes verlegene Freundin wohl nicht mithalten können.
„Du kennst mich doch. Ich habe ein bisschen Ordnung im Haus gemacht und dann war ich ein wenig im Internet unterwegs. Das Übliche also. Und du?".
„Oh, das muss ich dir erzählen! Stell dir vor, gestern habe ich in diesem neuen Geschäft in der Stadt, du weißt ja, welches ich meine, das von neulich eben, ein supersüßes Top gekauft. So etwas habe ich hier noch nie gesehen und es hat gepasst wie angegossen. Der Preis war das einzige, was mich ein bisschen gestört hat aber Glück muss man haben! Ich geriet an einen Verkäufer, der scheinbar eine kleine Schwäche für mich hatte und, na ja. Er hat mir dann einen kleinen Extrarabatt gegeben. Es hat also durchaus auch Vorteile, ohne männliche Begleitung unterwegs zu sein…".
„Das klingt ja toll, Kuraiko. Entschuldige übrigens, dass ich nicht mitgekommen bin aber du weißt ja, die vielen Menschen…".
„Ich hätte dir auch geraten, zu Hause zu bleiben!".
Kuraikos forscher Ton ließ Sumika kurz stutzen. Ihre Stirn legte sich in Falten.

„Sonst hättest du mir noch meinen Verkäuferfreund ausgespannt und ich hätte den vollen Preis bezahlen müssen!".
Das war wieder so typisch sie.
„Aber sag mal, Sumi. Hast du morgen schon etwas vor?".
„Meinst du nach unseren Vorlesungen? Wollen wir vielleicht zusammen Mittagessen?".
„Was? Du weißt es noch gar nicht? Dabei steht es doch schon seit gestern früh im Internet?".
„Ich habe seit dem Freitag nicht mehr auf die Seite der Uni geschaut. Fällt etwa eine Veranstaltung bei dir aus?".
Fast automatisch schielte Sumika zu ihrem Computer und machte sich schon während ihrer Frage daran, etwas einzutippen. Buchstabe für Buchstabe erschien die Adresse ihrer und Kuraikos Universität im Suchfeld.
„Kann man so sagen…".
Und noch bevor Sumikas Freundin diese Andeutungen weiter ausfüllen konnte, wurde deutlich, was sei gemeint hatte. In großen roten Lettern leuchtete auf der Universitätswebseite auf, dass wegen eines Wasserrohrbruchs im Hauptgebäude sowohl Montag als auch Dienstag alle Veranstaltungen ausfallen und bis zum Dienstag mitgeteilt wird, ob die Aufräumarbeiten danach schon wieder einen normalen Vorlesungsbetrieb erlauben würden. Sumika war baff.
„Das sieht mir ganz so aus, als haben wir ein bisschen Vorprüfungsurlaub extra bekommen".

Obwohl die beiden nur telefonierten, wusste Sumika genau, wie das Gesicht ihre Freundin gerade aussehen würde und wie breit sich ihr Lächeln über genau das zog.
„Also, hast du nun schon etwas vor, morgen?".
„N... Nein. Wie es aussieht jetzt ja nicht mehr".
„Dann habe ich eine tolle Nachricht. Masaru war neulich mit seinen Freunden in einem neuen Sportzentrum und dort bieten sie auch Squash an. Du hast ja gesagt, dass du das unbedingt mal ausprobieren wolltest und da habe ich gleich gestern Mittag ein kleines Date klar gemacht."
„Du hast…, ein Date?".
„Keine Sorge! Ich komme natürlich mit. Wenn wir zu dritt gehen, ist es zumindest nicht allzu auffällig und mich reizt es auch, einmal im Glaskasten aufzuschlagen. Wer weiß, vielleicht treffe ich da auch jemanden…".
Sumika wusste nicht, was sie darauf sagen sollte. Auf der einen Seite war sie Kuraiko dankbar, dass sie bei dieser Gelegenheit an sie gedacht hatte. Aber ein Date? Niemals hätte sie dazu zugesagt und erst recht nicht so kurz nach dem, was sie heute herausgefunden hatte.
„Hey, aber jetzt mal im Ernst! Warum versteckst du dich eigentlich so? Du bist wunderschön, klug und obendrein noch die netteste Person, die ich je im Leben getroffen habe. Allein ich kenne mindestens drei Jungs, die du sofort als Freund haben könntest. Ich weiß, es ist nicht leicht für dich, mit anderen Leuten in Kontakt zu kommen und wenn dir das mit dem Date ein bisschen zu heftig formuliert ist, dann tut es mir Leid. Sieh es doch einfach so, dass wir drei eine oder zwei freundschaftliche

Squashpartien spielen. Nicht mehr und nicht weniger.
Wäre das in Ordnung für dich, Sumi?".
So seriös und einfühlsam wie nur selten hörte Sumika
ihrer Freundin aus Kindheitstagen am anderen Ende zu.
Nachdem sie damit fertig war, schwieg sie einen Moment,
um danach tief durchzuatmen.
„Überredet!".
„Wow, das ist ja toll! Dann sage ich gleich Bescheid,
dass es morgen klappt. Wir treffen uns dann vor deinem
Haus, OK? So gegen 19.00 Uhr?".
„Gut, das passt!".
„Du weißt gar nicht, wie mich das freut. Dann mache dir
noch einen schönen Abend und sei bitte nicht allzu
aufgeregt. Denk´ dran: Es ist nur ein Treffen mit
Freunden. Mach´s gut!".
„Bis morgen Kuraiko!".
Sumika legte auf. Und erst da stellte sie fest, dass ihre
Hände, ja ihr ganzer Körper zitterten. Ihr Magen
kribbelte, der Mund war staubtrocken, die Hände eiskalt.
Es war genau einer dieser Momente, die sie nur zu gut
kannte, einer dieser Momente, zu denen es immer kam,
wenn ein Treffen mit anderen Personen anstand. Sie
fragte sich immer und immer wieder, wieso sie nicht
einfach abgesagt hatte. Schon jetzt geisterten die
Phantasien in ihrem Kopf herum. Phantasien davon, wie
sie morgen kein Wort würde sagen können, beim Squash
nicht einen einzigen Ball trifft und Masaru und Kuraiko
nur im Weg ist. Am liebsten hätte sie zum Hörer
gegriffen und abgesagt. Aber, dass sie genau das nicht

konnte, war es ja erst, dass sie immer wieder in diese Situationen brachte. Sumika atmete tief ein und aus. Bald würde es wieder vorbeigehen. Diese erste physiologische Reaktion war immer die schlimmste. Danach würde es besser werden, ganz wie es für diese andere Krankheit so typisch war, die sie schon viel länger durchlitt als die Somnambulie, die der eigentliche Grund für ihr Studium gewesen war.
Und tatsächlich konnte Sumika schon nach kurzer Zeit wieder zur Normalität zurückfinden. Während der vielen Jahre hatte sie ihre Kompensationstechniken perfektioniert. Schon lange bemerkte niemand mehr, wie sehr sie der Kontakt zu anderen Menschen, selbst zu Kuraiko anstrengte und mitnahm. Sie blieb zwar schüchtern, war aber zumindest nicht mehr offensichtlich krank. Da durchzog sie plötzlich noch einmal ein kühler Schauer.
„Kann es sein, dass…".
Hastig blickte Sumika wieder auf den Computerbildschirm. Diesmal jedoch nicht auf die Meldung des Wasserrohrbruchs an ihrer Universität. Der kleinen, unscheinbaren Zeitanzeige unten rechts galt ihre Aufmerksamkeit.
„Es ist tatsächlich schon 18.00 Uhr? Deshalb sprach also Kuraiko schon von Abend und nicht mehr Nachmittag…".
Sumika musste über die Recherche zur Somnambulie und ihrem Telefonat vollkommen die Zeit vergessen haben. Normalerweise hatte sie es durch die jahrelange

Erfahrung geradezu im Blut, wann noch eine Stunde Zeit bis zum Abendessen war, doch jetzt hatte sie nur noch 45 Minuten. Es galt also, sich schnell wieder vollkommen zu beruhigen, denn schließlich verließen sich ihre Eltern auf sie. Eilig fuhr sie den Computer herunter und flitzte in die Küche.

Kurz vor Mitternacht lag Sumika wie immer in einem weißen Nachthemd in ihrem Zimmer. Sie schlief jedoch noch nicht, sondern dachte nach. Zu viel war heute passiert, als dass sie einfach wie gewohnt noch kurz den Plan für den nächsten Tag durchgehen und dann einschlafen konnte. Sie blickte zur Tür und verharrte dort. Nicht nur die Frage, ob es tatsächlich helfen würde, die Tür abzuschließen, beschäftigte sie. Zwar hatte ihr Zimmer nur diesen einen Ausgang - vom großen Fenster einmal abgesehen - doch wie würde sie im Schlaf darauf reagieren, wenn sie nicht geöffnet werden kann? Würde sie wieder zurück in ihr Bett gehen, nur durch ihr eigenes Zimmer wandern oder … Genau dieses „oder" bereitete ihr Angst. Vorsichtshalber hatte sie das Fenster verschlossen aber würde das ausreichen? Und würde sie immer noch diese Alpträume bekommen? Als ob das nicht schon genug wäre, schwirrte weiterhin das morgige Treffen mit Masaru und Kuraiko in ihrem Kopf herum. Doch mochte es an der Sorge über die Somnambulie oder etwas Anderem liegen, sah sie dem nun deutlich beruhigter entgegen. Tief, im hintersten Winkel ihres Kopfes wusste sie nichtsdestotrotz, dass auch das, diese

zwischenzeitliche Beruhigung, nichts Ungewöhnliches für ihre andere Krankheit war.
„Aber welcher Mediziner wusste schon nicht, dass Rauchen schädlich ist und wie viele tun es trotzdem? Es ist wohl eines der rätselhaftesten Phänomene überhaupt. Obwohl man es eigentlich besser wissen müsste, tut man doch genau das Gegenteil, gibt sich irrationalen Dingen, den einfachen Erklärungen hin".
Sumika drehte sich zur Seite und schloss die Augen.
„Wenigstens bin ich nicht die einzige".

„Ganz klassisch Frühstück ans Bett, die Dame und der Herr!".
Mit einem breiten Lächeln servierte Sumika zwei Miso-Suppen und jeweils eine Schale Reis mit einigen Lachsonigiri darauf.
„Ihr wisst ja, dass ihr mich heute ein bisschen länger ertragen müsst als sonst, wegen des Wasserrohrbruchs an der Universität. Deshalb dachte ich mir, ihr könntet heute ein besonders reichhaltiges Frühstück vertragen. Zumal ich ja heute Abend etwas vorhabe…".
Leicht verstohlen blickte sie zum Namen ihres Vaters auf dem ihai und zwinkerte ihm zu.
„Aber natürlich nicht so, wie du denkst".
Sumika drehte sich um und ging nach oben. Auf der halben Treppe blieb sie stehen und rief:
„Sagt einfach Bescheid, wenn ihr fertig seid. Ich nehme das Geschirr dann mit. Die Vorlesung fällt zwar heute

aus aber die Zeit nutze ich gleich, noch einige Dinge für die Prüfungen vorzubereiten. So hat alles sein Gutes!".
„So hat alles sein Gutes!". Das war wohl tatsächlich Sumikas Tagesmotto, denn im wahrsten Sinne des Wortes über Nacht hatte sich ihre Stimmung enorm gebessert. Nahezu alle Sorgen, die sie gestern noch gequält hatten, waren verschwunden. Weder hatte sie einen Alptraum noch ihr Zimmer verlassen, obwohl sie es versucht hatte. Die Position des Schlüssels im Schloss hatte sich leicht verändert. Aber ein erneutes Wasserglas vor der Tür blieb unberührt. Es war aber nicht so, dass sie diesen Beweis noch gebraucht hätte. Allein ihr Traum hatte es verraten. Diesmal gab es kein grelles Licht, das auf sie zukam und immer größer wurde. Sie konnte also nicht im Wohnzimmer gewesen sein. Denn nur dort konnte man ein entlangfahrendes Auto sehen, auf der Straße, die direkt auf das Haus der Maboroshis zulief. Vielmehr kam ihr der Traum so vor, als mache sie einen Spaziergang durch ihr Zimmer. Zwar war ihr immer noch unklar, wie dies eigentlich möglich war, doch das spielte keine Rolle. Ab jetzt würde immer, vor jedem Schlafengehen, die Tür zu ihrem Zimmer verschlossen werden. Das hatte gleich noch einen Vorteil. Denn nachdem in der Umgebung - deshalb auch ihr Gedanke damals beim ersten „Wasserglasexperiment" - zuletzt tatsächlich eingebrochen wurde, tat sie dem Vorschlag ihres Vaters sogar noch genüge. Und als sie ihr Zimmer betrat, stellte sie sich schon vor, wie sie am Ende des Tages dort liegen und den Plan für Dienstag durchgehen

würde - nachdem sie das Treffen am Abend mit Kuraiko und Masaru hinter sich gebracht hatte.

Sumika blickte auf die Uhr in der Küche. Sie zeigte 18.43 Uhr. Das an sich war noch nichts Besonderes, denn gerade hatte sie den Tisch wie jeden Abend eingedeckt und war dabei, ihren Eltern die erste Portion des Abends zu servieren. Aber ein Gedeck fehlte und dieses war natürlich ihr eigenes. Denn in gut 15 Minuten würde es soweit sein und der abendliche und - so hatte Kuraiko ja betont - freundschaftliche Ausflug würde beginnen. Nachdem sie sich gesetzt hatte und auf die beiden dampfenden Teller rechts und links von ihr schaute, schon wieder ein Blick zur Uhr. Jetzt waren es nur noch 14 Minuten. Sumika versuchte, sich abzulenken und ging in Gedanken noch einmal durch, was sie alles brauchen würde:
„Meine Sporttasche habe ich gepackt. Ich habe zwei Oberteile, meinen Tennisrock, die Schuhe mit weißem Profil und das Geld für die Ausleihe der Schläger und Bälle dabei. Wechselunterwäsche ist auch drin. Ich habe also alles…".
Obwohl sie sich nach dem geistigen Durchgehen des Tascheninhalts sicher war, an alles Notwendige gedacht zu haben, konnte sie nicht ruhig auf ihrem Stuhl sitzen. Zuerst knetete sie ihre Hände, dann begannen ihre Füße auf und ab zu wippen. Schließlich stand sie auf und ging zu ihrer grünen Sporttasche, um noch einmal alles zu kontrollieren. Wie nicht anders zu erwarten, befand sich

dort jedes Teil an seinem Platz. Der Reißverschluss wurde wieder geschlossen und wenigstens hatte sie so wieder einige Minuten etwas Ablenkung erfahren. Doch natürlich war jetzt nur noch weniger Zeit bis zum Eintreffen von Kuraiko und Masaru. Genauer gesagt, sechs Minuten. Da plötzlich schnellte ein Gedanke durch den Kopf.
„Mein Tenniscap! Das habe ich vergessen!".
Eilig flitzte sie die Treppe nach oben, zog es mit einer zielgerichteten Bewegung heraus und eilte ebenso schnell wieder hinunter. Ohne einen Vorwurf zu hören, wandte sie sich in Richtung der nun abgekühlten Teller: „Entschuldigt, dass ich so hektisch bin aber ich bin schon sehr aufgeregt. Schließlich war ich schon seit Monaten nicht mehr mit anderen unterwegs. Und dann auch noch gleich in ein Sportzentrum, zu etwas, was ich noch nie gemacht habe…".
Noch zwei Minuten.
„Ich werde schon einmal den Regenmantel anziehen. Schließlich regnet es ja schon seit einer Stunde ununterbrochen. Bestimmt kommen die beiden auch bald. Also ich sage schon mal bis heute Abend oder auch bis morgen, wenn ihr schon schlaft. Ich weiß nämlich nicht, wie lange es dauert. Bis dahin also!".
Noch ein kurzes Winken und da zeigte die Uhr auch schon Punkt 19.00 Uhr. Sie würden also bald ankommen. Kurz darauf kam tatsächlich ein Auto die Straße entlang und hielt vor dem Haus der Maboroshis. Durch das kleine Fenster in der Haustür konnte Sumika eindeutig

Masarus roten Mitsubishi sehen und eilte schon mit ihrem gelben Regenmantel und der Sporttasche in der Hand nach draußen. Sie wollte unbedingt etwas vermeiden, dass sie nur noch mehr verunsichert hätte. So winkte sie in die Richtung des Autos, noch bevor sie die Tür hinter sich geschlossen hatte. Doch es nütze nichts. Masaru, der wahrscheinlich am Steuer saß, erwiderte wohl genau dieses Winken mit einem lauten Hupen, das Sumika zusammenzucken ließ. Sofort wanderte ihr Blick umher und tatsächlich sah sie, wie einige der eben noch vollkommen hellen Fenster ihrer Nachbarn den kleinen Schattenriss eines Kopfes zeigten. Beim Blick nach links fiel ihr auch Herr Shinobu auf, der ebenso von dem Hupen ans Fenster gelockt wurden war. Als Sumika ihn sah und er sie erkannte, lächelte er und schien ihr mit seinem leichten Winken wohl viel Spaß zu wünschen. Das gab Sumika ein wenig mehr Sicherheit und schließlich machte sie sich nach einem kleinen Lächeln in seine Richtung auf dem Weg zum Auto.
„Hey Sumika, da haben wir ein Wetter mitgebracht, oder? Es gießt ja wie aus Kannen…".
Sumika, die gerade hinten eingestiegen war, war durch Masarus Hupen nur noch angespannter, nervöser und verunsicherter als zuvor. Ihr fiel beim besten Willen nichts Sinnvolles ein, was sie darauf sagen könnte. Also tat sie so, dass sie beim Verstauen der Tasche auf dem Sitz neben ihr, dies einfach nicht gehört hatte und sie den Blick Masarus über den Rückspiegel ebenso nicht bemerkte.

„Ach, das ist das einzige, was dir dazu einfällt, oder was?".
Verdutzt schaute Masaru nun in Richtung Kuraiko auf dem Beifahrersitz.
„Ein richtiger Gentleman wäre ausgestiegen, hätte die Dame mit aufgeklapptem Regenschirm empfangen und trocken ins Auto gebracht. Gerade noch, wo Sumi heute dein Gast ist…".
Sumika durchzog ein kalter Schauer.
„Was, wie kommst du denn darauf?".
„Na ja, das ist deine letzte Chance zu zeigen, dass du doch ein Kavalier bist. Oder wie siehst du das, Sumi?".
„Ähh, also Kuraiko. Das… Ich kann auch selbst. Deshalb habe ich ja extra Geld mitgebracht, weißt du. Wir…".
„Kuraiko, was soll denn das? Warum überfährst du Sumika denn so? Und vor allem kann man auch ohne dieses überzogene Gentleman-Gehabe nett und zuvorkommend sein. Stimmt´s Sumika?".
Schüchtern nach unten blickend kam ein leises „Ja" über ihre Lippen. Als Masaru losfuhr und in Richtung Hauptstraße abbog, sagte er vor sich hin:
„Bestimmt finde ich heute noch eine Gelegenheit, das bei Sumika wieder gut zu machen!".
Obwohl es draußen schon seit geraumer Zeit dunkel war, merkte sie sofort, wie sich ein roter Schleier über ihr Gesicht legte. Sie musste dafür nicht in einen Spiegel schauen. Sie konnte es spüren. Kuraikos verstohlener Blick nach hinten, bei dem sie ihr leicht zuzwinkerte, trug dazu noch seinen Teil bei.

„So, hier sind wir also!".
„Wow, es gibt hier also sogar ein Parkhaus? Das nenne ich mal ein richtiges Indoor-Sportzentrum!".
Auch Sumika zeigte sich beeindruckt von dem erst vor wenigen Monaten neu eröffneten Haus. Doch es war viel mehr als nur *ein* Haus. Trotz der schlechten Sicht war schon vor der Einfahrt in das Parkhaus das unglaubliche Ausmaß dieses Komplexes deutlich geworden. Beinahe wie in einem Fußballstadion kam man sich vor, wurde doch das quaderförmige Hauptgebäude von einer riesigen Ellipse an anderen, kleineren Gebäuden gesäumt. Allerlei leuchtende Reklame verriet, dass neben allen großen Sportartikelherstellern auch Ernährungsberater, Coaches und unzählige Sportsbars und TV-Lounges ihre Dienste anboten - sei es nun vor oder nach dem Training. Und ebenso die Tiefgarage zeigte, dass weder Kosten noch Mühen gescheut wurden, um dieses Zentrum zu etwas Unvergleichlichem zu machen. Überall an den Wänden sah man berühmte japanische Sportler. Von Kei Nishikori über Homare Sawa bis zum wohl berühmtesten Baseballspieler Japans Masanori Murakami konnte jeder Besucher schon hier die größten Momente der hiesigen Sportgeschichte ein zweites Mal erleben. Jubelnd und lächelnd grüßten sie jeden nur staunenden Gast. Auch Kuraiko, Sumika und Masaru machten da keine Ausnahme. Als sie einen Platz gefunden hatten, was angesichts der vielen Gäste nicht ganz einfach war, stiegen die drei aus und machten sich auf den Weg zum

Aufzug, der in das Hauptgebäude führte. Dabei wiesen ihnen keine gewöhnlichen Schilder der Weg, sondern Schiedsrichterfiguren aus diversen Sportarten, die mit ihren Gesten unmissverständlich klar machten, wo der richtige Weg liegt. Sumika war tief beeindruckt und hatte darüber ihre Aufregung und Scheu beinahe vergessen. Und auch war ihr bis jetzt wohl nur am Rande aufgefallen, wie viele Menschen schon um sie herum waren, entweder auf dem Weg zu den Sportstätten oder zu ihren Autos.

„Kaum zu glauben, dass das nur 30 Minuten von meinem Haus entfernt ist".

Kurz bevor sie ausstieg, hatte Sumika auf die Uhr in Masarus Wagen geschielt, die 19.35 Uhr angezeigte hatte. Nachdem sie einen der Aufzüge nach oben genommen hatten und nun noch greifbarer die unfassbar großen Dimensionen des Bauwerks vor Augen geführt bekamen, erreichten sie ihr Ziel. Auf der vierten von insgesamt sechs Etagen befanden sich alle Indoor-Racketsportarten, darunter Tennis, Badminton und natürlich auch Squash. Sumika und die anderen traten aus dem Aufzug und fanden sich sofort auf einem Squash-Court wieder. So zumindest glaubten sie. Die gesamte Eingangshalle war aus Glas und auf dem Boden fanden sich authentische Nachbildungen genau der Linien, die auch beim richtigen Squash verwendet wurden, natürlich auf entsprechendem Parkettboden. Masaru, der schon vor seinen beiden Freundinnen wusste, was sie erwarten würde, nahm mit Genugtuung das Staunen Kuraikos und Sumikas zur

Kenntnis, war es doch schließlich er, der diesen Komplex erst entdeckt und dann das Spiel vorgeschlagen hatte. Auch Sumika, die noch vor einer guten halben Stunde nahezu alles dafür getan hätte, nicht mitfahren zu müssen, konnte sich des Gedankens nicht mehr entziehen, die richtige Entscheidung getroffen zu haben.
„Hey Masaru, was geht!".
Dieser Satz holte Sumika aus ihren Gedanken zurück in die Realität. Denn in dieser winkte ein absolut durchtrainierter Mann, der wohl nur ein bis zwei Jahre älter war als sie, Masaru zu, der diese Geste auch sofort erwiderte. Der Mann trabte zu den dreien und musste wegen einiger anderer Gäste einen kleinen Hindernislauf absolvieren. Diese Zeit nutze Masaru für eine kurze Vorstellung gegenüber Kuraiko und Sumika:
„Das ist Takehiko. Er arbeitet hier in dieser Abteilung und ist mein Personal Coach".
„Den hast du auch nötig, mein Lieber!".
Das war natürlich eine Einladung gewesen, die Kuraiko unmöglich hatte ausschlagen können aber Masaru versuchte, sie souverän zu übergehen.
„Jeder Neuling, der möchte, kann einen solchen Coach gegen einen kleinen monatlichen Beitrag erhalten. Er gibt zum Beispiel professionelle Tipps zum Spielstil oder auch zur Ernährung. Ich glaube einer der Coaches hat ungefähr so 30 Coachees…".
Da kam der extrem gut gelaunt wirkende Takehiko auch schon angelaufen und begrüßte Masaru mit Handschlag, verbeugte sich danach auch noch vor Kuraiko und

Sumika.
„Und was sagt die Zeit, Coach?".
Takehiko schielte auf die Armbanduhr Masarus, da er selbst keine trug.
„Überpünktlich wie immer Masaru! Aber hätte ich gewusst, dass du solch bezaubernde Begleitung mitbringst, wäre ich schon fünf Minuten eher gekommen…".
Er lächelte den beiden jungen Frauen zu, was vor allem Kuraiko sehr zu schmeicheln schien.
„Nimm sie also beim Spiel nicht so hart ran!".
„Keine Sorge, sie sind beide Anfängerinnen und ich wollte ihnen mal den Sportkomplex und die Courts zeigen. Vielleicht macht es ihnen ja Spaß und sie kommen dann öfter vorbei…".
„Unbedingt! Fragt einfach nach mir, wenn ihr einen Personal Coach gebrauchen könnt. Also, ich schaue dann mal vorbei. Bis später!".
Schon hatte der an seiner gelb-blauen Sportkleidung mit dem Logo des Sportzentrums erkennbare Coach einen weiteren Gast, den er mit Handschlag und freundlichen Worten begrüßte. Da tippte Kuraiko Masaru auf die Schulter:
„Ich dachte eigentlich, du seist erst das zweite Mal hier. Der kennt dich aber schon ziemlich gut".
„Ja, toll, oder? Egal ob man schon seit dem ersten Tag oder erst seit gestern hier ist, fühlt man sich sofort willkommen und als ein Teil des Zentrums. Deshalb sprechen wir uns auch alle mit Vornamen an. Aber, da

fällt mir ein…".
Masaru schaute auf seine Uhr am linken Handgelenk.
„Ich muss noch an der Rezeption Bescheid sagen, dass wir da sind. Denn Takehiko weiß zwar von meinem Termin aber hat mit der Organisation eigentlich nichts weiter zu tun. Außerdem kennt er ja meinen Nachnamen nicht. Ihr könnt euch schon einmal umziehen und ich leihe in der Zwischenzeit die Schläger und Bälle aus. Wir treffen uns dann kurz vor um vor Court 4".

„Und was sagst du? Es ist doch toll hier, oder?".
Kuraiko, die gerade ihr weißes kurzärmliges Top übergezogen hatte und sich den Rock richtete schien geradezu in Ekstase.
„Ich meine, dieser ganze Aufwand, was das alles gekostet hat. Das Personal ist supernett, die Umkleiden deutlich größer als andere, die ich kenne und dann noch die Coaches!".
Verschmitzt fügte sie an.
„Wenn der dann vorbeikommt, werde ich mich wohl mal ein bisschen von ihm bezüglich Ernährung und Training beraten lassen. Ich habe doch gesagt, ich treffe hier jemanden. Und außerdem hast du Masaru dann für dich…".
Plötzlich übermannte es Sumika erneut. Dieses schlagartige Gefühl der Unsicherheit. Und noch bevor sie einen Schlag ausgeführt hatte, war sie schon wacklig auf den Beinen.

„Hier! Hier!".
Masaru winkte den beiden mit seiner rechten Hand, in der er schon den Schläger hatte. Daraufhin schlängelten sie sich wie Takehiko vorhin im Slalomlauf an den anderen Gästen vorbei zu ihm.
„Die Spieler vor uns, sind gerade gegangen. Wir können also sofort loslegen!".
Sumika schaute sich um. Überall um sie herum sah sie die erleuchteten Courts. Insgesamt waren es zwölf von ihnen. Doch diesmal war sie weniger beeindruckt als besorgt. Durch die Glastüren blickend sah sie, wie unglaublich gut und schnell die anderen Spieler waren. Direkt gegenüber auf Court Nummer neun spielten zwei Frauen gegeneinander und waren gerade in einem verbissenen Ballwechsel vertieft. Teilweise über drei Banden und auf die abenteuerlichste Art und Weise hielten sie den Ball im Spiel. Und noch etwas fiel ihr auf. Keiner, egal ob Mann oder Frau, trug wie sie dieses alberne Tenniscap. Was hatte sie sich nur dabei gedacht? Schließlich gab es keine Sonne, die sie blenden könnte beim reinen Indoorsport Squash.
"Legt ihr beiden ruhig schon einmal los. Ich schaue euch erst einmal ein wenig zu".
Sumika versuchte, locker zu wirken und sich ihre Unsicherheit nicht anmerken zu lassen. Zu ihrer eigenen Überraschung schien dies einigermaßen gut funktioniert zu haben. Mit einem freundlichen Lächeln übergab ihr Masaru ihren Schläger und machte sie auf eine kleine Bank aufmerksam, die den besten Blick auf den Court

der beiden bot. Inzwischen hatte Kuraiko auch erste Schwungversuche mit dem Racket unternommen und zeigte sich bezüglich ihrer Chancen gewohnt optimistisch:
"Du wirst schon sehen, wer hier Anfänger ist!".
Mit ihrem letzten Übungsschwung gab sie Masaru einen leichten Klaps auf den Hintern und schon verschlossen die beiden den Court hinter sich. Und tatsächlich schien Sumikas Freundin nicht zu viel versprochen zu haben. Während Masaru zu Beginn noch aufreizend lässig spielte und er wohl dachte, gegen ein Kind anzutreten, zeigte sich schnell Kuraikos offenkundiges Talent für den Sport. Nur wenige Schläge und schon war sie mit den Sprungeigenschaften des Balls und den Maßen des Courts vertraut. Ein ums andere Mal sah man ihren Gegner von einem Ende des Spielfeldes zum anderen eilen - meist jedoch ohne Erfolg. Nach einem souverän gewonnenen Ballwechsel wandte sich Kuraiko zu Sumika. Augenzwinkernd zeigte sie das Victory-Zeichen und feierte ihren Erfolg gegen Masaru. Doch das sollte wohl nicht die einzige Bedeutung des Zeichens sein. Denn gleich danach schien sie ihren Spielpartner zu sich zu rufen und deutete an, nach draußen zu gehen. Wenig später kam sie auf Sumika zu:
"Los, jetzt bist du dran! Keine Sorge, du hast ja gesehen, dass er alles andere als ein Profi ist. Ich angle mir mal einen anderen Spielpartner".
Ihr Kopf wippte leicht nach vorn und bei einem Blick über die Schulter erkannte Sumika Takehiko, der gerade

die Squash-Halle betrat.
"Good Luck und vergiss das hier nicht!".
Hinter ihrem Rücken hatte Kuraiko das Tenniscap von Sumika auf der Bank entdeckt und aufgehoben. Viel zu weit zog sie es in Sumikas Gesicht, sodass diese erst einmal nur noch die Füße ihrer Freundin sah. Nachdem sie es und ihren Zopf gerichtet hatte, wartete Masaru schon im Court. Sumikas Hände wurden schweißnass, ihre Atmung schneller.
"Ein Gutes hat die Sache. Wenigstens kann ich es auf das Squash schieben, wenn ich einmal angefangen habe!", dachte sie sich.
Die Tür rastete hinter ihr ein und das Spiel begann. Der erste Aufschlag Masarus, der wohl immer noch Kuraiko als Gegnerin gegolten hatte, sprang genau vor Sumika auf. Sie hatte kaum Zeit, zu reagieren und so traf sie der Ball direkt in den Magen. Obwohl er nicht besonders schnell war, nahm ihr dies eben, weil es vollkommen unerwartet kam, erst einmal die Luft und sie krümmte sich reflexhaft nach vorn. Noch viel schwerer als der schon bald verflogene Schmerz jedoch wog ihr Gedanke in diesem Augenblick:
"Da habe ich es wohl wieder vermasselt!".
Aus dem Augenwinkel sah sie, wie sich noch etwas auf sie zubewegte. Sie blickte nach oben. Masaru eilte zu ihr, entschuldigte sich und fragte, ob alles in Ordnung sei. Da legte er seinen Arm um Sumika. Plötzlich hatte sie einen ganz anderen Gedanken im Kopf.
„Bestimmt finde ich heute noch eine Gelegenheit, das bei

Sumika wieder gut zu machen!".
Vielleicht war das genau diese Gelegenheit.
"J.., ja. Alles in Ordnung, Masaru. Mach dir keine Sorgen. Ich war nur überrascht, dass der Ball so direkt auf mich zukam. So schnell war er ja auch nicht".
Sie spürte, wie sich seinen Arm fester um sie legte und blickte in sein sorgenvolles Gesicht, das sich langsam aufzuhellen begann.
"Da bin ich aber froh. Ich habe wohl immer noch in Gedanken gegen Kuraiko gespielt. Hoffentlich habe ich dir jetzt nicht den Spaß total verdorben...".
"Nein, nein!", beschwichtigte sie.
"Jetzt habe ich das wenigstens gleich hinter mir!".
Das Lächeln war wieder auf Sumikas Gesicht zurückgekehrt und schon bald konnte auch Masaru nicht anders, als sich anzuschließen.
"Wie wär´s wenn ich mal einen Aufschlag mache - quasi als Revanche?".

"Puh, Sumika! Ich brauche echt eine Pause!".
Der schnaufende Masaru stütze sich auf sein Racket und versuchte, wieder zu Atem zu kommen.
"Ich hatte ganz vergessen, dass du noch bis vor zwei Jahren aktiv im Tennistraining gewesen bist. Unter uns dreien gibt es wohl doch nur einen Anfänger".
Wie auf Bestellung hörten die beiden ein Klopfen und sahen Kuraiko und Takehiko draußen stehen. Schelmisch grinsten die beiden und als Masaru die Tür öffnete, erfuhr er auch den Grund:

"Sieht ganz so aus, als müsstest du noch ein bisschen mehr trainieren, um mit deiner hübschen Partnerin mithalten zu können, Masaru!".
Sumika schnappte leicht nach Luft. Ihr Magen kribbelte.
"Aber wie ich gehört habe, war das ja bei Rai hier genauso. Beim nächsten Mal gibt es ein Intensivtraining von mir. Nicht, dass bei den beiden noch der Eindruck entsteht, dass läge an mir als dein Coach!".
Freundschaftlich klopfte er Masaru auf die Schulter und alle lachten.
"Jetzt möchte ich aber sehen, wer von den beiden Mädels Gewinner des Tages wird, schließlich habt ihr noch zehn Minuten Zeit."
Takehiko blickte zur Zeitanzeige auf einem kleinen Gerät an der Tür des Courts.
"Wir beiden reden schon Mal über die Taktik für das nächste Mal. Bestimmt finden wir einige Schwächen der beiden heraus!".

„Und Kuraiko, was denkst du? Wie habe ich mich angestellt?".
Kurz nachdem sie zusammen mit Kuraiko die Umkleidekabine betreten hatte, konnte Sumika einfach nicht mehr warten, die schon seit einiger Zeit in ihrem Kopf aufflackernde Frage zu stellen.
„Das fragst du noch? Nicht einmal ich habe geglaubt, dass ich gegen die dreifache Gewinnerin des Präfektur-Turniers im Tennis nur den Hauch einer Chance haben würde. Du hast mich regelrecht vorgeführt".

„Was? Nein, das meine ich nicht…".
Plötzlich machte sie sich Vorwürfe, ohne Rücksicht auf ihre Freundin gespielt zu haben.
„Ach, du meinst dein Date? Na das hat doch ganz gut geklappt! Wenn dieser Aufschneider von Masaru schon kein richtiger Gegner für dich war, dann hat er sich wenigstens anderweitig nützlich gemacht, wenn ich mich nicht täusche…".
Süffisant, ja nahezu durchtrieben lächelte Kuraiko in Richtung Sumika. Schnell zog sie sich ihr Oberteil über den Kopf, um zumindest ein wenig Zeit zu gewinnen, auf diese Andeutungen zu reagieren. Trotzdem fiel ihr nichts ein. Ihre Freundin war in nahezu jeder Lebenslage ungemein schlagfertig und insbesondere wenn es um das für Sumika so schwierige Thema der zwischenmenschlichen Beziehungen geht vollkommen in ihrem Element.
„Moment, das ist es! Was würde sie jetzt wohl darauf sagen?".
Kurz bevor ihr Kopf wieder zum Vorschein kam, hatte sie diese Eingebung und plante auch, sie sofort umzusetzen:
„Das war…, also, bei dir ist es ja auch gut gelaufen, oder?".
Zuerst leicht verdutzt, dann umso fröhlicher blickte Kuraiko ins Gesicht ihrer Freundin seit Kindheitstagen. Man hätte fast denken können, dass sie schon so lange gewartet hat, um endlich das zu hören, was ihre Ohren gerade registriert hatten. Sie umarmte Sumika und

drückte sie fest an sich.
„Sumi, ich bin so stolz auf dich! Du hast nicht nur meine spitze Bemerkung gut gekontert sondern auch etwas gesagt, dass du selbst vielleicht gar nicht so realisiert hast. Du hast mich gefragt, ob es bei mir *auch* gut gelaufen ist. Weißt du, was das heißt, Sumi?".
Plötzlich wurde es ihr bewusst. Obwohl sie schon stundenlang vor dem Treffen nervös gewesen war, obwohl sie am liebsten nicht mitgegangen und zu Hause geblieben wäre und obwohl es zu diesem schrecklichen Spielauftakt kam, war es doch gut gelaufen. Vielleicht sogar sehr gut. Ein Gefühl durchzog Sumika. Sie musste zurückdenken. Das letzte Mal, dass sie dieses Gefühl der inneren Erfüllung und Zufriedenheit wegen einer anderen Person gespürt hatte, war schon vor vielen Jahren gewesen - in ihrer Kindheit. Es war diese erste Begegnung mit Kuraiko, die vor einigen Tagen noch einmal wie ein Film vor ihr abgelaufen war. Sie war sich sicher, dass das kein Zufall gewesen war und konnte nicht mehr aufhören, zu lächeln.

„Ob es dir gefallen hat, brauche ich ja gar nicht erst zu fragen!".
Die Ironie tropfte geradezu aus jedem Wort von Masarus Kommentar heraus.
„Trotzdem glaube ich, dass du das mit dem ‚Personal Coach' ein bisschen falsch verstanden hast. So persönlich ist es nun doch nicht".
„Leckt da wohl jemand die Wunden des letzten Platzes

im Squashturnier?".
Schnippisch wies Kuraiko Masaru zurecht, der gerade an einer Ampel angehalten hatte.
„Ich meine ja nur, dass du dich vielleicht auch ein wenig unauffälliger an Takehiko hättest ranschmeißen können. Musstest du wirklich nach seiner Handynummer fragen?".
Die Ampel schaltete um.
„Warum nicht? Schließlich…".
„Bitte sag jetzt nichts zu mir und ihm. Bitte!".
„… muss man schnell sein. Wer weiß, vielleicht taucht am nächsten Tag schon eine Konkurrentin auf und das Blatt hat sich gewendet. Da gilt es, jede Gelegenheit beim Schopf zu packen!".
Sumika atmete tief durch. Sie hatte Kuraiko schon die Worte „Schließlich hast du dich auch nicht lumpen lassen!" sagen hören. Das hätte diesen perfekten Abend aus ihrer Sicht nur unnötig komplizierter gemacht. Doch trotzdem konnte sie nicht ganz sicher sein, dass sich Kuraiko tatsächlich an ihren Wunsch gehalten hatte, nichts über sie und Masaru zu sagen. Wollte sie vielleicht genau das mit ihren Sätzen tun?
„Aber soll ich es wirklich schon wagen? Soll ich ihm sagen, was ich denke? Schließlich kennen wir uns schon seit der Mittelschule und er hat nie auch nur die kleinste Andeutung gemacht. Auf der anderen Seite hätte mir Kuraiko sicherlich schon ausgeredet, es überhaupt zu versuchen, sollte sie wissen, dass er nichts für mich empfindet. Zwar hatte sie damals auch nichts von der Beziehung Masarus mit Ruri erzählt aber wer weiß schon,

ob die beiden je wirklich zusammen waren. Auf mich machten sie eher den Eindruck, gut miteinander befreundet zu sein, als…".
Sumika hielt inne. Immer mehr versank sie in ihrer Gedankenwelt und blendete alles um sich herum aus.
„Was ist, wenn es genauso war und Masaru eine ganz andere Absicht hatte? Wollte er mich etwa testen? Wollte er sehen, wie ich auf diese Nachricht reagiere?".
Sie spürte, wie sich auf ihrer Stirn einige Schweißperlen bildeten und schaute aus dem Fenster, um sich abzulenken.
„Und was, wenn ich vollkommen falsch reagiert habe? Oder vielleicht habe ich auch genau die Reaktion gezeigt, die er sich erhofft hatte - nämlich keine. Zumindest keine offensichtliche. Er hätte natürlich auch die Theorie, dass ich in ihm nicht nur einen Freund sehe, haben können und atmete auf, dass ich nichts zu den Gerüchten um Ruri gesagt habe. Und das sind ja nur die Möglichkeiten, für den Fall, dass das mit Ruri keine echte Beziehung war…".
Sumika schüttelte sich. Sie wusste genau, dass sie wieder drohte in diesen Strudel der negativen Gedanken hineinzugeraten. Diesmal würde sie es aber nicht zulassen. Es gab auch keinerlei Grund dazu. Und außerdem: Was wäre eigentlich so schlecht daran, befreundet zu bleiben? Man könnte weiterhin Dinge zusammen unternehmen oder hätte zumindest nicht mehr so viele Ausreden, dies nicht zu tun. Nichts würde sich ändern und außerdem gab es da noch etwas tief in

Sumikas Herzen. Ein Gefühl, das sich nur dann meldete, wenn sie in Gedanken genau das durchspielte, woran sie gerade jetzt dachte. Bei all der initialen Freude, die sie vielleicht hätte, sollte sie wirklich eine Beziehung eingehen, gab es immer noch das Danach. Ein Danach, das anders sein würde, routinierter, trister, schwerer als die Leichtigkeit der ersten Tage vermuten lässt. Sie müsste sich umstellen, ihr Tagesablauf würde vollkommen auf den Kopf gestellt werden, sie würde ein enormes Risiko eingehen. Denn immer, wenn sie einen Tag genauso durchlebte wie er zuvor in ihrem Kopf geplant war, fühlte sie sich sicher. Sie mochte nichts lieber, als ihren Tag zu planen, diesen Plan zu erfüllen und sich so zu verhalten wie am vorigen Tag auch. Diese Regelmäßigkeit gab ihr eine unglaubliche Sicherheit, ließ sie nicht an diese Angst vor fehlender Kontrolle denken. Sollte sie wirklich all das aufgeben? Sollte sie so viel Vertrauen in einen anderen Menschen investieren? Kuraiko hat es ja selbst gesagt:
„Wer weiß, vielleicht taucht am nächsten Tag schon eine Konkurrentin auf und das Blatt hat sich gewendet".
„Ja. Sicherlich war es das, was sie mir sagen wollte. Gefühle sind einfach zu kurzweilig, um langfristige Verpflichtungen einzugehen. Meistens führen sie wohl doch zu Enttäuschungen.
‚Wo man nicht mit Vernunft handelt, da ist auch Eifer nichts nütze; und wer hastig läuft, der tritt fehl'
Habe ich nicht Recht, Papa?".
Vor Sumikas Augen zogen halb erleuchtete Gebäude und

blinkende Werbetafeln vorbei, die immer mehr durch kleine Wohnhäuser ersetzt wurden. Sie schaute rechts am Fahrersitz vorbei und sah die rot leuchtende Uhr.
„22.02 Uhr. Es wird nicht mehr lange dauern und dann bin ich bei euch".

„So, da wären wir, stiller Fahrgast!".
Sumika lächelte, als Masaru in seinen Rückspiegel blickend das Ende der Fahrt vor ihrem Haus verkündete. Noch immer regnete es in Strömen und Sumika fuhr schon halb in ihre Regenjacke.
„Noch einmal vielen Dank für den tollen Abend. Es hat mir wirklich viel Spaß gemacht. Dieses Sportzentrum ist einfach unglaublich. Vor allem die Tennisplätze können sich wirklich sehen lassen".
„Aber da musst du dir wohl erst Recht andere Mitspieler organisieren", flapste Kuraiko.
„Vielleicht gibt dir Rai ein kleines Stück von ihrem neuen Personal Coach ab, wenn du sie ganz lieb darum bittest…".
Kuraiko verschränkte demonstrativ die Arme, blies ihre Backen auf und antwortete:
„Wie wäre es, wenn du dir erst mal ein paar Stunden geben lässt? Ich wüsste da auch schon jemanden".
Natürlich war klar, wen sie damit meinte. Sumika lächelte. Nicht jedoch, weil sie hoffte, dass sie tatsächlich eine Art Trainerin für Masaru werden würde. Sie lächelte, um ihrer Freundin für die nicht enden wollenden Bemühungen zu danken, dass sie und Masaru Zeit

zusammen verbringen konnten. Und vielleicht, wirklich nur vielleicht konnte man etwas leicht Melancholisches in Sumikas Lächeln ausmachen. Sie öffnete die Tür und hörte das Zischen und Platschen des Regens. Schon einen Fuß auf die Straße setzend verabschiedete sie sich: „Danke und bis bald!".
Sie stieg aus und schloss die Tür. Doch noch bevor sie sich auf den Weg zum Eingangstor machen konnte, hörte sie, wie eine zweite Tür zugeschlagen wurde. Es war die auf der Fahrerseite. Wenig später spürte sie auch schon, wie kaum noch Wassertropfen auf ihren Regenmantel fielen und blickte in Masarus lächelndes Gesicht.
„Ich habe schließlich noch etwas gut zu machen!".
Wie ein Butler öffnete Masaru das Tor vor dem Haus der Maboroshis und achtete doch stets darauf, dass Sumika so trocken wie möglich blieb. Am Eingang angekommen öffnete Sumika die Tür und dankte Masaru für seine Mühe. Dieser hielt noch immer den Schirm in seiner rechten Hand und schien wohl nach den passenden Worten zu suchen, sich von ihr zu verabschieden.
„Also dann, mache dir noch einen schönen Abend, Sumika".
„Danke, Masaru. Aber viel wird wohl heute nicht mehr werden…".
Mit einem leichten Nicken, verwies Sumika auf die unter Masarus Ärmel hervorschauende Uhr, die schon 22.15 Uhr zeigte.
„Oh, da hast du natürlich Recht. Auch wenn Rai da sicherlich anderer Meinung ist. Deshalb ist sie vorhin

wohl noch nicht ausgestiegen, als wir bei ihrem Haus vorbeigekommen sind. Sie wird sicherlich noch ein wenig um die Häuser ziehen wollen und ihre neue Eroberung feiern".
Beide mussten lachen.
„Also dann!".
„Ja Sumi, mach´s gut. Es war wirklich ein schöner Abend!".
Sumika wartete noch, bis er durch das Tor gegangen und in sein Auto eingestiegen war. Dann ging auch sie hinein und schloss die Tür. Noch eine ganze Zeit konnte man das Gelb ihres Regenmantels erkennen, wie es fast regungslos an der Eingangstür verharrte.

Der erste Blick Sumikas am nächsten Morgen, der wegen des Wasserrohrbruchs an der Universität ihre Home Office-Zeit ungewöhnlich lange ausdehnte, fiel wie jeden Morgen auf die Farbe Rot. Wie immer gut gelaunt und durch nichts von ihrem Optimismus abzubringen, lächelte ihr die kokeshi entgegen. Und Sumika tat ihr gleich, denn schließlich hatte sie allen Grund dazu. Nicht nur war diese unglaublich Anstrengung des gestrigen Treffens mit Kuraiko und Masaru inzwischen von ihr abgefallen. Sie wusste es auch endlich. Sie hatte nach all der Zeit die Antwort auf die Frage gefunden, die sie schon seit ihrer Schulzeit bewegt hatte. Nun stand es fest. Sie streckte sich, dehnte die Arme weit über ihren Kopf. Wie befreit wirkte sie.
„Es ist an der Zeit, in den Tag zu starten, oder? Meine

Eltern werden sich vielleicht wundern, wenn ich heute immer noch zu Hause bin. Vielleicht gehe ich ihnen ja sogar ein klein wenig auf die Nerven, was meinst du?".
Frech grinste Sumika ihre kokeshi an. In diesem Moment ahnte sie noch nicht, dass es bei Weitem nicht das letzte Mal sein würde, dass sie die Farbe Rot sah. Diese Farbe, die alles verändern sollte. Die Decke nach rechts umschlagend gingen ihr schon längst die Gedanken durch den Kopf, wie der heutige Tag ablaufen sollte, da hielt sie kurz inne. Ihr so unbeschwertes Lächeln wich einem fragenden Gesichtsausdruck. Sie blickte zu ihren Beinen. Genauer gesagt, fokussierte sie das untere Ende ihres weißen Seidenschlafanzugs.
„Was sind das für Flecken?".
Sumika blickte auf dunkle, unförmige Spritzer, die sich überall unterhalb ihrer Hüfte befanden, wo sie plötzlich und wie in einer Art Kreis endeten. Vorsichtig, ungläubig, fuhr sie über den angenehm kühlen Stoff.
„Das,… das ist Erde oder zumindest etwas Ähnliches…".
Wie in Trance sprach Sumika vor sich hin, so als müsse sie sich selbst bestätigen, was sie da gerade sah und spürte. Wie winzig kleine Kieselsteine, die mit Sand gemischt waren, fühlte sich das an, was sie zwischen ihren Fingern verrieb und das über und über den unteren Teil ihres Schlafanzugs bedeckte. Doch die eigentliche Frage, war nicht, worum es sich handelte, sondern wie dies dort hingekommen war. Erst als sie über die kleinen auf ihr ebenso weißes Bettlaken herunterrieselnden Körner hinaus blickte, begann sie langsam zu realisieren,

dass dies nicht das einzig Ungewöhnliche war. Sie war sich sicher, dass sie wie immer ihre Slipper genau senkrecht zum Bett gestellt hatte. Wieso standen sie jetzt anders?
„Vielleicht sind sie ja durch den Luftzug der Decke verschoben wurden?".
Als Sumika diesen Gedanken gerade gefasst hatte und nach den Slippern griff, änderte sich ihr Gesicht wieder. Schlagartig. Es war nun nicht mehr Unsicherheit, die sich dort widerspiegelte sondern pures Entsetzen und blanke Angst. Ihr Blick wanderte zur Tür. Sie sah den Schlüssel, der ebenfalls nicht mehr so im Schloss steckte, wie sie ihn gestern kurz vor dem Schlafengehen hinterlassen hatte. Es gab nun keinen Zweifel mehr, was passiert war und plötzlich erinnerte sie sich. Sie wusste, wieso es so weit gekommen war.
„Ich habe es vergessen. Nein! Ich habe die Tür nicht abgeschlossen!".
Hastig stand Sumika auf. Die Hausschuhe, die sie immer noch in ihrer Hand hatte, klatschten auf den Boden.
„Es kann keine andere Erklärung geben. Das muss es sein. Aber, wenn,…, wenn es wirklich so ist, dann…".
Barfuß rannte sie in Richtung Badezimmer, das sich genau neben ihrem Zimmer befand. Und tatsächlich sah sie genau das, was sie befürchtet hatte. Denn sie sah ihn nicht. Den Regenmantel, den sie gestern Abend getragen hatte, der eigentlich genau hier hängen und schon längst abgetrocknet sein sollte. Er war nicht da. Immer flacher wurde ihre Atmung, das Blut rauschte in ihren Ohren und

blockierte jeden anderen Gedanken, den sie hätte fassen können. Nur mit aller noch in ihr verbliebenen Kraft, konnte sie verhindern, zusammenzubrechen, so schockiert war sie von dem, was sich nun in ihrem Kopf abspielte.
„Ich habe gestern nicht abgeschlossen und war noch einmal draußen - im Schlaf!".
Langsam, nach gefühlten Stunden begann sie, wieder zu sich zu finden. Sie realisierte, dass sie mit blanken Füßen auf den kalten Badfliesen stand, ihr Herz immer langsamer schlug. Auch dieser Hitzeschauer, der ihren ganzen Körper durchzogen hatte, klang ab und im Nebenzimmer hörte sie das Klingeln des Weckers. Laut, schrill und schnell machte er immer mehr auf sich aufmerksam und holte Sumika aus ihrem Schock. Sie eilte in ihr Zimmer, ging, ohne sich weiter umzusehen, hinein und schaltet ihn aus. Er zeigte 8.05 Uhr.
„Klingelt er etwa schon ganze fünf Minuten und ich habe das nicht einmal gehört? Dabei müsste ich doch schon längst in der Küche sein und Frühstück machen".
Wieder stürzte sie hinaus. Erst im allerletzten Moment gelang es ihr, sich zu bremsen. Sie und ihre Gedanken blieben stehen. Tief atmete Sumika ein und aus.
„Beruhige dich erst einmal. Mama und Papa merken doch sofort, was mit dir los ist. Und außerdem, was ist denn dabei? Ich bin wahrscheinlich jahrelang, jede Nacht unterwegs gewesen und es ist mir noch nicht einmal aufgefallen. Außerdem hatte ich keinen Alptraum letzte Nacht. Es kann also nicht Schlimmes passiert sein. Ich

habe eben einfach nur vergessen, abzuschließen. Das ist ja auch kein Wunder. Erstens habe ich erst vor zwei Tagen von meiner Somnambulie erfahren und zweitens vorher nie abgeschlossen. Das war ein Versehen. Jetzt komm wieder runter, Sumika!".
Tatsächlich beruhigte sie sich. Rational betrachtet, war es wirklich nichts Besonderes, dass sie nachts, ohne davon Notiz zu nehmen, das Haus verließ, wie sie jetzt ja wusste. Es gab also keinen Grund, so über zu reagieren. Trotzdem spürte sie, dass es diesmal etwas gab, das anders war als die Male zuvor. Etwas, das bei noch so nüchterner Betrachtung der Dinge einfach nicht abzuschütteln war und wie ein Gewicht auf ihren Schultern lag. Vielleicht war es auch genau dieses unbestimmte Gefühl, das sie veranlasste, nicht einfach hinzunehmen, dass der Regenmantel nicht mehr im Bad war. Sie würde ihn suchen. Doch nicht sofort. Langsam aber ohne entspannt zu sein, ging Sumika in Richtung Tür. Sie zog sich ein sauberes Nachthemd an, nahm die nassen Slipper und brachte sie ins Bad. Auf dem Weg zurück nahm sie sich ein neues Paar vom Regal der Gästehausschuhe, das auf dem Flur stand und machte sich auf den Weg nach unten.
Wieder wurde Sumika ein wenig schneller.
„Es, … es ist wohl doch ein bisschen später geworden gestern aber keine Sorge, ich lege sofort los!".
Nicht nur ihre leichte Verspätung mit dem Frühstück war der Grund für Sumikas hastiges Vorbeigehen am butsudan ihrer Eltern und das verlegene Grinsen, das sie

dabei zeigte. Sie musste etwas Zeit gewinnen, für sich, um sich zu beruhigen und für ihre Eltern, dass sie nichts bemerkten und sich keine Sorgen machen würden. Und obwohl es sie enorme Selbstkontrolle kostete, schlug sie nicht den Weg in Richtung Haustür sondern in die Küche ein.

8.35 Uhr. Sumika war von sich selbst überrascht, dass sie noch beinahe pünktlich das Frühstück für ihre Eltern zubereitet hatte, die, wie jeden Dienstag gleich danach aus dem Haus und zur Arbeit gehen würden. Es würde nicht mehr lange dauern.
Nur zehn Minuten später suchte die umgezogene Sumika nach ihrem gelben Regemantel. Doch eine Suche konnte man dies eigentlich kaum nennen. In Gedanken hatte sie ihn quasi schon vor einer halben Stunde genau dort gefunden, wo sie ihn nun tatsächlich sah. Und wie vermutet hatte sich unter ihm eine kleine Wasserlache auf dem Holzfußboden gebildet. Nun stand es fest. Sie war unterwegs gewesen. Eines jedoch deckte sich nicht mit ihren Vorstellungen. Eigentlich hätte Sumika erwartet, dass der Mantel vollkommen sauber war. Doch auch er wies einige, dunkle Flecken auf. Deren Form wich jedoch stark von den punktförmigen, kleinen Spritzern ab, die sich auf ihrem Nachthemd befunden hatten.
Circa ein bis zwei Zentimeter dicke Streifen befanden sich dort. Doch dies war nicht das Merkwürdigste, denn sie verliefen zudem schräg von oben nach unten. Sumika

konnte deutlich sehen, wie die Intensität der dunkeln Streifen abnahm, je länger sie wurden. Bis zum jetzigen Zeitpunkt hatte sie geglaubt, dass die Dreckspritzer auf der regennassen Straße unmöglich so weit nach oben hätten gelangen können. Und tatsächlich fand sich sonst keine Spur von Schmutz auf ihrem Regenmantel.
„Was ist das bloß?"
Gerade wollte sie mit Ihrem Finger über die Flecken fahren, da läutete es an der Tür. Sumika zuckte kurz zusammen und sie vergaß für einen Moment die Spuren auf ihrem gelben Regenmantel. Während sie noch überlegte, um wen es sich handeln könnte und ob sie öffnen sollte, klingelte es erneut.
„Ist das vielleicht Kuraiko? Eigentlich kann nur sie wissen, dass ich zu Hause bin. Man klingelt ja nur zwei Mal, wenn man weiß, dass jemand da ist und man glaubt, derjenige hätte das erste Klingeln nicht gehört…".
Vorsichtig öffnete Sumika die Tür und schielte hinaus. Aber es war nicht Kuraiko, die sie sah. Durch den Spalt der leicht geöffneten Tür, sah sie, dass sich vor dem Haus von Herrn Shinobu eine Menschenmenge angesammelt hatte. Fast die gesamte Nachbarschaft hatte sich dort eingefunden und blickte, teils neugierig, teils beunruhigt zum Haus von Sumikas Nachbarn. Als sie die Tür noch ein Stück öffnete, sah sie ein an den Seiten schwarzes Auto mit weißer Motorhaube und roter Sirene auf dem Dach - einen Streifenwagen.
„Schön, dass Sie doch zu Hause sind!".
Eine Stimme ertönte am Eingangstor und Sumika drehte

sich in ihre Richtung.
„Sie sind doch Frau Maboroshi, oder?".
Mit einem freundlichen Lächeln winkte ein Mann, der einen knielangen beigen Mantel und ein dazu passendes dunkles Hemd darunter trug, Sumika zu. Obwohl einige Meter zwischen den beiden waren, konnte Sumika sehen, dass er wohl nur ein paar Jahre älter als sie war.
Vielleicht wegen ihres musternden Blicks oder auch der Tatsache, dass sich die beiden noch nie zuvor begegnet waren, setzte er fort, ohne Sumikas Antwort abzuwarten.
„Ich hätte da ein paar Fragen an Sie. Darf ich reinkommen?".
Er blickte in die Richtung des Torknaufs und schaute dann Sumika an. Diese schien immer noch leicht verunsichert. Da, fast als sei ein Schalter in ihr umgelegt worden, reagierte sie.
„G...gern! Wie unhöflich von mir. Kommen Sie doch herein!".
Als der Mann auf sie zukam, glaubte Sumika schon zu wissen, was sie erwartete. Die Streifenwagen vor Herrn Shinobus Haus, eine Menschenmenge davor, deren Gesichtsausdruck, Ungläubigkeit und Angst, dass es jeden Einzelnen von ihnen auch treffen könnte, sowie der scheinbar junge, aufstrebende Polizist. All dies deutete darauf hin, dass ihr Vater wohl mit seinen Befürchtungen nicht übertrieben hatte und es tatsächlich zu einem Überfall gekommen war. Während ihr diese Gedanken durch den Kopf gingen, schritt der Polizist, hin und wieder nach rechts und links blickend, auf sie zu.

Entspannt, unaufgeregt, locker. Als er direkt vor Sumika stand, bestätigte sich ihr Eindruck und beinahe hätte sie den Polizisten, der nun vor ihr stand noch jünger geschätzt als auf den ersten Blick. Seine weißen Zähne und die leicht nach oben gezogenen Mundwinkel wirkten vom ersten Moment an aufgeschlossen, sympathisch und vielleicht ein wenig naiv. Die schwarzen, mittellangen Haare, seine dunklen Augen, die in ihrem Blick unbändigen Tatendrang ausdrückten und seine weichen Gesichtskonturen verliehen ihm eine noch jugendlichere Aura. Einzig sein abgetragener Mantel und das gesetzte Hemd schienen dafür verantwortlich, dass er für einen Polizisten und nicht Student oder gar Oberschüler gehalten werden konnte.
„Guten Tag! Mein Name ist Osamu Akechi von der Präfekturpolizei".
Er zeigte ihr seinen Ausweis mit der typischen goldenen Kirschblüte neben seinem Foto.
Ich möchte Sie nicht lange aufhalten...".
Er kramte in seiner Manteltasche und musste seinen rechten Arm voll durchstrecken, um einen kleinen Notizblock herauszuziehen.
„Aber ich ermittle in dem Fall ihres Nachbarn Herrn Genzaburo Shinobu, bei dem es heute Nacht leider zu einem Verbrechen gekommen ist".
Die Miene des jungen Polizisten blieb unverändert freundlich. Man hatte fast den Eindruck, es sei ihm unangenehm, diese Fragen zu stellen.
„Haben Sie vielleicht etwas gesehen, das für Sie

ungewöhnlich erschien? Haben Sie Stimmen gehört, die Sie nicht zuordnen konnten, verdächtige Schatten gesehen oder andere Beobachtungen gemacht?".
Sumika konnte nicht sagen, wieso, doch das Auftreten des Polizisten faszinierte sie. Auf der einen Seite schien er nicht mehr als ein Laufbursche zu sein, klein und unbedeutend, was nicht zuletzt durch sein Alter und einen Eindruck der Gutmütigkeit entstand, den man einfach nicht abschütteln konnte. Aber da gab es noch etwas. Etwas, das sie beschäftigte. Etwas, das sie glauben ließ, dieses Urteil sei nicht das richtige.
„Möchten Sie nicht reinkommen. Ich habe gerade Frühstück gemacht und könnte Ihnen einen Tee anbieten". Mit dieser Antwort hatte der Polizist wohl nicht gerechnet und schaute verdutzt in Richtung Sumika. Für einen Moment verloren seine Augen diese enorme Fokussierung und Stärke. Da realisierte Sumika selbst, was sie gesagt hatte. Es war wieder so eine vollkommen unpassende Äußerung gewesen. Wie so häufig.
„Ähh, machen Sie sich keine Umstände. Ich möchte Sie auch nicht länger aufhalten. Außerdem bin ich ja im Dienst…"
Ein verschmitztes Lächeln blitze auf.
„Oh, entschuldigen Sie bitte. Das war nicht so gemeint. Also, ich würde Ihnen natürlich schon gerne einen Tee machen aber das war ja nicht die Antwort auf die Frage und… W… Was war gleich noch mal die Frage?".
Jetzt spürte sie es wieder. Der Kloß in ihrem Hals stieg tief von ihrem Magen immer weiter hoch begleitet von

einem Kribbeln, das immer intensiver und großflächiger wurde. Sie versuchte, zu schlucken, doch ihr Mund war staubtrocken und beim Blick nach unten, bemerkte sie, wie ihre rechte Hand mit der sie sich an der Tür festhielt, leicht zu zittern begann.
„Beruhigen Sie sich. Es ist nichts Ungewöhnliches, wenn Sie etwas nervös sind. Schließlich stehen nicht jeden Tag ein Polizeiauto vor dem Nachbarhaus und ein Polizist vor dem eigenen".
Seine ruhige, vollkommen unaufgeregte und verständnisvolle Stimme beruhigte Sumika etwas. Sie atmete tief durch.
„Mich interessiert, ob Sie gestern Nacht nahe dem Haus Ihres Nachbarn etwas Verdächtiges gesehen oder gehört haben. Haben Sie Personen oder Lichter gesehen oder war irgendetwas ungewöhnlich?".
Sumika dachte nach.
„Wissen Sie, i… ich kam gestern erst relativ spät vom Sport nach Hause und bin dann auch gleich ins Bett gegangen".
„Aha. Hmm…".
Eifrig notierte er Sumikas Aussage.
„Wann war das?".
„So gegen 22.15 Uhr".
„Kannten Sie Herrn Shinobu gut?"
„Ja. Na ja, das heißt ich kenne ihn schon seit vielen Jahren und wir sahen uns fast jeden Morgen. Vor einigen Tagen habe ich ihn auf der Straße getroffen und er lud mich zum Tee ein".

„Also so, wie Sie mich gerade eben?".
Sumika schluckte. Doch der Blick ins Gesicht des jungen Polizisten verriet, dass es sich nur um eine Bemerkung handelte, die er sich wohl nicht hatte verkneifen können. Sein Lächeln ließ auch sie ein wenig schmunzeln.
„Früher, als ich noch ein Kind war, haben meine Eltern und ich sehr viel mit ihm und seiner Familie unternommen. Doch seit seine Frau und sein Sohn nicht mehr bei ihm wohnten, hatten wir keinen sehr engen Kontakt mehr. Es schien mir so, als habe er sich zurückgezogen, obwohl er doch so ein netter älterer Mann war".
„Er empfing also nicht so oft Besuch?".
„Nein. Immer habe ich ihn nur allein in seinem Haus gesehen".
„Wann waren Sie denn bei ihm? Ich meine, als er Sie vor einigen Tagen eingeladen hat…".
„Das war am Samstag letzter Woche. Jedenfalls hatte ich da auch den Eindruck, dass er nicht oft Gäste bei sich hatte. Er freute sich unglaublich, mit jemandem reden zu können".
Leicht mit dem Kopf nickend notierte der Polizist weiterhin alles in sein Notizheft. Während des Gesprächs hatte er, von dieser einen Bemerkung abgesehen, nie den Kopf gehoben und Augenkontakt zu Sumika aufgebaut. Auch deshalb fiel es ihr zunehmend leichter, die richtigen Worte zu finden und ihre Nervosität abzulegen. Da schnellte sein Kopf nach oben und er lächelte Sumika zu.
„Ich danke Ihnen sehr für die Informationen. Sie haben

uns wirklich sehr weitergeholfen. Nur noch eine letzte Frage:
Hätten Sie vielleicht morgen Zeit?".
Sofort muss Osamu Akechi der verblüffte Gesichtsausdruck Sumikas aufgefallen sein, sodass er eilig fortfuhr, noch bevor sie zu Wort kommen konnte.
„Wir müssen die Aussage von Ihnen noch protokollieren und ihre Fingerabdrücke nehmen zum Vergleich mit denen im Haus. Das ist zwar keine Einladung zum Tee aber immerhin…".
Wieder stieg in Sumika eine leichte Nervosität auf.
„Ja, natürlich. A… aber das ginge dann nur nachmittags, nach meinen Vorlesungen. Vielleicht so gegen 16.00 Uhr. Wäre das möglich?".
Sofort und ohne nachzudenken, sagte der junge Polizist zu und verabschiedete sich mit einigen freundlichen Worten und einer Verbeugung von Sumika. Er wandte sich in Richtung Tor und war schon auf die eine kleine Treppe hinuntergegangen als er stehen blieb.
„Seit wann wissen Sie es?".
Sumika, die schon beinahe die Tür wieder geschlossen hatte, wusste nicht, was er meinte. Doch seine Stimme, die absolut nichts mehr von dem gutmütigen und naiv erscheinenden Polizisten hatte, der ihre Einladung zum Tee ausgeschlagen hatte, verriet ihr, dass es sich um etwas Ernstes handeln musste.
„Dass er tot ist?".
Ein kalter, blitzschneller Schauer durchzog Sumikas gesamten Körper. Sie hatte also mit ihrem ersten

Eindruck Recht gehabt, dass es sich bei diesem Osamu Akechi nicht um einen gewöhnlichen Polizisten handelte.
„Schon seit dem Beginn Ihrer Befragung. Sie fragten mich, ob ich Herrn Shinobu gut gekannt habe, nicht, ob ich ihn gut kennen würde…".
„Das hätte aber auch bloß ein Versprecher sein können. Schließlich fand die Tat gestern statt".
Sumika fuhr fort, genauso leise wie Akechi der immer noch regungslos mit dem Rücken zu ihr stand.
„Das stimmt. Aber sie fragten mich auch danach, ob er häufig Besuch empfing oder nicht. Dass Sie ihn das nicht selbst fragten, kann nur den Grund haben, dass dies nicht mehr möglich ist. Zwar hätte er auch nur verletzt sein können und momentan nicht bei Bewusstsein, doch weder habe ich heute Morgen einen Krankenwagen gehört, noch steht er vor seinem Haus. Wäre es um einen Einbruch gegangen, hätten Sie nicht weiter nach Herrn Shinobu sondern den möglichen Tätern gefragt und ob ich vielleicht auch bestohlen wurden bin. Schließlich sind wir Nachbarn und ich war spät zu Hause. Sie wollten also vor allem Informationen über ihn, das heißt das Opfer, die Ihnen bis jetzt wohl keiner gegeben hat".
Als Sumika ihre Ausführungen beendet hatte, verharrte der Polizist noch eine Weile, bevor er dann genauso locker wieder ging wie er vor einigen Minuten an ihre Tür gekommen war. Am Tor, kurz bevor er es hinter sich schloss, drehte er sich noch einmal um und rief ihr zu: „Also dann, bis morgen 16.00 Uhr!".
Sumika schloss die Tür und sank auf die Knie. Es stimmt,

ihr hätten auch die Hinweise aus dem Gespräch gereicht, um herauszufinden, dass Herr Shinobu ermordet worden war aber den handfestesten und unverrückbarsten Beweis sah sie vor sich - genau in diesem Moment. Sie blickte auf die schwarzen Flecken auf ihrem Regenmantel. Sie blickte auf das, was sie des Mordes überführte.

„Ich bin so schnell gekommen, wie ich konnte. Was ist denn Sumika?".
Kaum hatte sie diese beiden Sätze ausgesprochen, musste Kuraiko nach Luft schnappen und stützte die Hände auf ihre Oberschenkel. Sichtlich erschöpft war sie, was darauf hindeutete, dass sie zu Fuß zu Sumikas Haus gekommen war und sich dabei über die Maßen beeilt hatte. Als sie sich wieder einigermaßen erholt hatte, blickte sie, immer noch leicht nach vorn gebeugt, nach oben in Sumikas Gesicht. Sie hatte eine aufgelöste, tief verzweifelte beste Freundin erwartet, nach dem, was sie ihr am Telefon gesagt hatte. Doch Sumika schien ruhig, gefasst, ja geradezu versteinert hatte sich ihre sonst so abwechslungsreiche Miene.
„Komm erst einmal rein, dann erkläre ich dir alles. Ich habe Tee gemacht".
Fast roboterhaft, ohne jegliche Emotion entgegnete Sumika ihren Blick. Kuraikos Verwunderung nahm immer mehr zu. Auf dem Weg in die Küche, wo zwei dampfende Teetassen auf sie warten sollten, schien nun auch Kuraiko in Gedanken, fast so, als wolle sie versuchen, sich selbst einen Reim auf diese Situation zu

machen. Kaum saßen die beiden, platzte es aber schon aus Kuraiko heraus.
„Sumika, sag schon! Wieso sollst du jemanden umgebracht haben?".
Schrill und laut hallte Kuraikos Frage, die eigentlich mehr von einem Schrei hatte, durch den Raum. Sumika blieb ruhig, schlürfte ihren Tee. Nur als das Wort „umgebracht" fiel, schien sie für einen kurzen Moment zusammengezuckt zu sein. Sie behielt den Tee in ihren Händen und ein leichter nach oben ziehender weißer Dampf verhüllte ihr Gesicht wie ein Schleier. Da bewegte Sumika ihren Kopf und deutet auf den Platz am Kopfende des Tisches. Dort sah Kuraiko einen gelben Regenmantel und eine Papierseite liegen. Sie blickte zurück zu Sumika, die noch immer regungs- und scheinbar emotionslos da saß. Fast schon flehend bat sie Kuraiko mit ihren weit geöffneten Augen darum, doch endlich Licht ins Dunkel zu bringen. Doch wieder warf sie nur ihren Kopf in die Richtung des Stuhls. Kuraiko, den Tränen nahe, stand auf und machte sich immer Sumikas Gesicht fokussierend auf den Weg zum Stuhl. Dabei fiel ihr erster Blick auf das Blatt Papier. Es war eine mit klein geschriebenem Text bedruckte Seite, die sie vor sich sah. Neugierig doch unter einem leichten Schluchzen nahm sie es in die Hand und begann, ob unwillkürlich oder nicht, die ersten Sätze vorzulesen:
„Eine so genannte Somnambulie liegt dann vor, wenn Personen, ohne sich später daran erinnern zu können, nächtlichen Aktivitäten nachgehen. Ohne aufzuwachen,

können Betroffene auch komplexen Tätigkeiten nachgehen, wobei sie sich durch eine langsamen, unsicheren Gang, verminderte Reaktivität und emotionale Ausdruckslosigkeit auszeichnen. Die Symptomatik wird ausschließlich im Zuge der Tiefschlafphase und nicht während des REM-Schlafs… Sumika, was soll das? Rede endlich mit mir!".
Da stellte Sumika, die Teetasse auf den Tisch vor ihr und langsam verzog sich der Schleier aus Dampf, der sie bis dahin eingehüllt hatte. Aber er schien nicht allein gegangen zu sein, denn nun blickte Kuraiko in ein anderes Gesicht ihrer Freundin. Tränen liefen ihre Wangen hinab. Geräuschlos flossen zwei immer breiter werdende Bäche aus Tränen über Sumikas Gesicht, die sich bei ihrem Kinn trafen und wie Regentropfen in die Teetasse und auf den Tisch fielen. Mit zitternder Stimme sagte sie:
„Ich bin eine Schlafwandlerin, Kuraiko. Schon seit Jahren! Ich…ich habe Herrn Shinobu im Schlaf umgebracht!".
Als Sumika schluchzend in sich zusammensank und unaufhörlich die Tränen über ihr Gesicht liefen, fiel Kuraikos Blick auf den gelben Regenmantel und einige schwarze Streifen an seinen Seiten.

„Und du glaubst also wirklich, dass du Herrn Shinobu gestern im Schlaf umgebracht hast?".
Kuraiko hatte die Arme um ihre Freundin gelegt, die sich nach einigen Minuten, in der all die bis dahin

unterdrückte Emotion aus ihr herauskam, langsam zu beruhigen begann und wieder klare Gedanken fassen konnte.
„Es…, es gibt keine andere Möglichkeit. Wie sollen sonst die Blutspuren an meinen Regenmantel gekommen sein?".
„Du bist sicher, dass das Blut ist? Vielleicht ist es nur Dreck oder du bist beim Aussteigen aus Masarus Auto an einer öligen Stelle hängen geblieben oder…".
Sumika schnitt ihr das Wort ab.
„Es ist Blut! Ich habe es gerade getestet".
„Aber wie hast du das denn gemacht? Dazu braucht man doch ganz spezielle Substanzen, zu denen nur die Polizei oder Ärzte Zugang haben…".
Kuraiko war verwirrt, doch erst Sumikas Antwort sollte sie vollkommen verblüffen.
„Du meinst Luminol, diese gelbgrünlich leuchtende Substanz, die sich aus Phthalsäure und Hydrazin zusammensetzt und Blut nachweisen kann. Es stimmt, dass sie bei Forensikern am häufigsten benutzt wird aber sie ist nur eine Methode, um Blut festzustellen. Es reicht auch aus, Wasserstoffperoxid auf eine Spur zu geben und wenn diese aufschäumt handelt es sich nahezu sicher um Blut. Diese Methode gibt es schon seit dem 19. Jahrhundert. Das Wasserstoffperoxid hatten wir noch im Keller, weil es dort von Zeit zu Zeit geschimmelt hat".
Schweigen.
Sekunden, ja Minuten vergingen und beinahe kein Geräusch war zu hören. Beide, sowohl Kuraiko als auch

Sumika, schienen in Gedanken oder waren einfach noch
nicht bereit, weiter über diese so unglaubliche Situation
zu sprechen.
„Es ist wie damals, oder?".
Kuraiko blickte tief in die immer noch feuchten Augen
ihrer Freundin.
„Es war zwar nur kurz aber ganz genauso wie vor zwei
Jahren als du Michiko geholfen hast".
Wieder Stille.
Die Intensität von Kuraikos Blick nahm immer mehr zu
und Sumika konnte es kaum noch ertragen, ihre Freundin
anzusehen.
„Das ist doch etwas vollkommen Anderes. Damals ging
es nur um Michikos Hund aber es ist ein Mensch zu Tode
kommen, Kuraiko. Herr Shinobu wurde umgebracht und
das von mir. Es gibt keinen Zweifel daran, dass ich es
war. Alles andere ist unmöglich!".
„'If you eliminate the impossible, whatever remains,
however improbable, must be the truth'
Das hast du damals selbst gesagt, weißt du noch? Damals,
als alle glaubten, Michikos Hund hätte aus reiner
Aggression ihren Nachbarn angefallen und in den
Oberschenkel gebissen, hast du genau das gesagt. Und
keiner wollte dir glauben, als du noch eine andere
Möglichkeit ins Spiel gebracht hast. Du warst diejenige,
die alles in Betracht zog und die schließlich das Rätsel
um diese Attacke, die scheinbar vollkommen aus dem
Nichts kam, auflöste. Du warst das, Sumika!"
Wie in einem Appell, der an die Lebensgeister ihrer

immer noch aufgelösten Freundin gerichtet war, fuhr Kuraiko fort:

„Jeder hatte damals Michiko die Schuld gegeben. Sie hätte Ayako nicht gut genug erzogen und die Ehefrau des verletzten Nachbarn wollte sogar, dass sie ins Gefängnis dafür kommt. Du kanntest Ayako und auch Michiko und konntest einfach nicht glauben, dass sie dafür verantwortlich sein sollten. Und du hast recherchiert. Tagelang nahmst du Ayako bei dir auf, während darüber entschieden wurde, was mit ihr passieren würde, ob sie eingeschläfert werden sollte, oder nicht. Schließlich hast du es herausgefunden. Nicht die Polizei hat den wahren Täter gefunden. Du warst es, Sumika. Du hast herausgefunden, dass Michiko eineinhalb Wochen vor dem Angriff eine Zeit lang im Trainingslager war und Ayako bei ihren Nachbarn ließ. Du hast entdeckt, dass bei einer ganz bestimmten Abfolge von Geräuschen Ayako aggressiv wird und angreift und du hast den Schuldigen für diesen Mordversuch ermittelt. Die Ehefrau des Nachbarn, die sich während Michikos Abwesenheit um Ayako gekümmert hatte, trainierte mit ihr jeden Tag. Das Schlagen der Uhr, der kratzende Laut der Harke im Garten und schließlich der klingelnde Wecker in der Küche. Das war die Kombination, die Ayako angreifen ließ. Sie hatte Michikos Hund konditioniert, genau dann anzugreifen. Weißt du denn nicht mehr, wie du mir das alles erzählt hast, damals? Du warst so sicher und hast mich überzeugt, vor den Polizisten dieses Experiment zu machen. Und Sumika, du

hattest Recht. Nur wenn all dies in der richtigen
Reihenfolge zusammenkam, die Uhr, die Harke und der
Wecker, griff Ayako an. Und es gab nur eine, die schon
vorher, vor dem Angriff Ayakos zusammengezuckt war.
Da nur die Täterin das wissen konnte, war die Frau des
Nachbarn überführt. Du hattest Recht, die ganze Zeit.
Deine Schlussfolgerungen waren brillant. Und da willst
du mir jetzt sagen, dass du alle Möglichkeiten
durchgegangen bist und alles andere ausgeschlossen hast.
Sumika, bitte!".
Sumika blickte in ungemein kraftvolle und entschlossene
Augen ihrer besten Freundin. Sie hatte sie daran erinnert.
An all das, was damals passiert war und wie anders sie
doch während ihrer Ermittlungen gewesen war. Keine
Spur war mehr von dem schüchternen Mädchen gewesen,
das in der Gegenwart von Unbekannten kaum einen
klaren Gedanken fassen konnte. Sie war wie in einer
anderen Welt auf der Suche nach den wahren
Hintergründen der Hundeattacke gewesen. Zwar überließ
sie es Kuraiko, die Tat der Ehefrau aufzulösen, doch sie
hatte zugesehen. Sie hatte gesehen, wie, das, was sie
geschlussfolgert hatte, tatsächlich zutraf. Es war ein
unglaubliches Gefühl, als alles genauso eintraf wie sie
vorausgesagt hatte. Ein Gefühl, das sie seitdem nicht
mehr vergessen konnte.
Fast als hätte Kuraiko all ihre Gedanken in ihren Augen
lesen können, nahm sie endgültig die tonnenschwere
Resignation und Angst von ihren Schultern:
„Du bist eine geniale Ermittlerin. Und da willst du dich

wirklich mit der einfachsten Antwort zufrieden geben?".
„Der Polizist. Er hieß Osamu Akechi und war heute Morgen bei mir".
Mit noch leicht zerbrechlicher Stimme doch nach und nach immer sicherer werdend erwachte Sumika wieder zum Leben. Und noch etwas war in diesem Zusammenhang fast wichtiger. Sie begann, dieselbe Sprache zu sprechen wie damals vor zwei Jahren. Klar, rational, präzise. Die schüchterne, unsichere Sumika wich immer mehr dem inneren Bedürfnis, die Wahrheit hinter diesem Mord ans Licht zu bringen.
„Obwohl er kaum älter ist als ich und einen naiven Eindruck macht, scheint er mehr zu wissen, als er vorgibt. Nach seiner Befragung schien er mich nicht mehr nur für eine Zeugin zu halten. Vielleicht hat ihn etwas am Tatort auch schon vorher dazu verleitet, mich zu verdächtigen. Fest steht, jedoch, dass er mich nicht als potentielle Augenzeugin, sondern mögliche Täterin befragt und ein eventuelles Motiv abgeklopft hat…".
„Was? Heißt das, die Polizei weiß schon Bescheid?".
Jetzt war es Kuraiko, die ihre bis dahin so beruhigende Art gegen beunruhigte Anspannung eingetauscht hatte.
„Nein, das glaube ich nicht. Man hätte mich nicht erst am nächsten Tag auf das Polizeirevier bestellt. Hätte man zum Beispiel Spuren des Regenmantels gefunden, hätte ich genügend Zeit, diesen zu entsorgen. Nein, ich denke, die Polizei weiß noch nichts. Vielleicht aber er. Ich werde das Gefühl nicht los, dass er mich ebenso schlecht einschätzen kann wie ich ihn".

Sumika stand auf und ging zu dem Stuhl über dem der gelbe Regenmantel hing. Sie hob ihn mit beiden Händen an und hielt ihn an ihren Körper.
„Die Blutspuren sind nur leicht über Hüfthöhe und weisen diese eigenartige Form auf. Wie ein Fächer sind sie rechts und links ungefähr gleich groß und sie werden nach außen und unten hin immer blasser. Fast so als hätte ich…"
Sie legte den Regenmantel aus der Hand, ging in Richtung Küchentür und nahm die Schürze vom Haken, die sie immer dann trug, wenn sie das Essen zubereitete.
„…etwas daran abgewischt, dass ich nicht länger an meinen Fingern haben wollte!".
Sumika band sich die Schürze um und Kuraiko traute ihren Augen nicht. Sie schaute zum Mantel, wieder zurück, noch einmal zum gelben Regenmantel. An fast genau der gleichen Stelle waren auch auf der Schürze fächerförmige Spuren, die nach außen und unten hin ausblichen. Und sie waren vor allem auch eins: Rot.
„Su… Sumi. Wie kommt denn das Blut…".
„Das ist kein Blut. Das ist nur Chilisauce. An dem Abend, an dem du mich angerufen und zum Squash eingeladen hast, war ich beim Abendessen in Eile und habe etwas davon verschüttet. Ohne Nachzudenken wischte ich sie an der Schürze ab und es scheinen tatsächlich ähnliche Spuren zu sein".
Noch einmal musterte Sumika die beiden Abdrücke, die sich wie ein Haar dem anderen glichen.
„Aber wie bringt uns das jetzt weiter?".

„Beweis ist das natürlich nicht aber es besteht zumindest eine andere Möglichkeit, als dass ich die Täterin bin".
„Welche, Sumika? Sag schon!",
Immer nervöser und fordernder wurde Kuraikos Tonfall.
„Fingerabdrücke hat man auf der Tatwaffe wohl nicht gefunden, sonst hätte man Vergleichsproben von mir genommen. Das heißt, dass die Tatwaffe entweder noch nicht gefunden wurde oder aber keine verwertbaren Spuren trägt. Hätte ich einen Gegenstand mitgebracht, mit dem ich Herrn Shinobu im Schlaf ermordet hätte, müsste er irgendwo hier im Haus sein. Im Schlafzimmer und der Küche war aber nichts dergleichen. Zieht man die zweite Möglichkeit in Betracht, dass an der Tatwaffe keine Spuren mehr vorhanden sind, obwohl man sie fand, passt das zu meiner bisherigen Theorie, dass ich meine Hände nur abgewischt habe…".
„Wieso? Wie meinst du das?".
„Vor ein paar Tagen, bin ich schon einmal im Schlaf draußen gewesen und habe den Müll zum Sammelplatz gebracht. Was also, wenn ich wieder dort war und dort die Tatwaffe berührte, die der Täter dort hinwarf?".
Kuraiko schluckte. Sie musste tief beeindruckt von dieser Person sein, die ihr gegenüber stand. Sie hatte kaum noch etwas mit ihrer Freundin Sumika gemein, die noch vor wenigen Minuten vollkommen aufgelöst gewesen war.
„Ich wischte mir die blutigen Finger am Regenmantel ab und kam gleich darauf zu Hause an, sodass noch etwas Blut an dem Mantel haften blieb. Die Tatwaffe jedoch verblieb auf dem Müllsammelplatz. Der Regen hätte alle

Fingerabdrücke abgewaschen und man könnte zwar das Blut daran durch Luminol nachweisen aber nichts Anderes finden. Ich wäre also keine Mörderin und der wahre Täter noch auf freiem Fuß".
Tief atmete Sumika aus, den Kopf nach unten gerichtet, die Arme schlaff an den Seiten herunterhängend. Sie verharrte noch eine Weile in dieser Position. Ihre Freundin schaute sie an. Eine Mischung aus Faszination und Ungläubigkeit fand sich in ihrem Blick. Langsam schien die so lange Stille für sie beunruhigend zu werden. Sie holte gerade Luft und setzte an, zu sprechen, als Sumika ihren Kopf hob und sie anschaute.
„So könnte es doch auch gewesen sein, oder?".
Das Wasser sammelte sich wieder in ihren Augen und die alte Sumika schien damit zurückgekehrt. Das sensible Mädchen hatte wieder die Oberhand gewonnen, nachdem die Detektivin in ihr, die Hoffnung für beide zurückgebracht hatte. Es war eine der ganz seltenen Situationen, die Kuraiko für einen kurzen Moment sprachlos gemacht hatte. Da stand sie auf und legte wieder den Arm um ihre schluchzende Freundin.
„So ist es gewesen. Ganz sicher!".

Es war schon dunkel, als Sumika wieder aufwachte. Nur die kleine Schreibtischlampe neben ihrem Computer brannte. Sie musste die Augen leicht zusammenkneifen, als sie in diese für sie grell erscheinende Lichtquelle blickte und versuchte, mit ihrer rechten Hand die Augen zu schützen. Da drehte sich die Silhouette, die vor dem

flackernden Computerbildschirm saß, um.
„Du bist wach! Hast du dich ein wenig erholt, Sumi?".
Da erst erkannte Sumika, dass es sich um Kuraiko handelte, die sie in ihrem Zimmer vor sich sah. Schnell gewöhnten sich ihre Pupillen an das Licht und nun konnte sie ihre Freundin immer klarer sehen.
„Wie spät ist es denn?", fragte sie noch leicht schlaftrunken.
Kuraiko wendete sich kurz von ihr ab, schielte auf die Uhr des Notebooks und antwortete:
„20.30 Uhr! Du hast ganze drei Stunden geschlafen. Das alles muss dich wirklich mitgenommen haben. Deshalb konnte und wollte ich dich auch nicht alleine lassen".
Sumika erschrak. Durch ihren Kopf raste ein Gedanke.
„Was? Es ist schon nach 20 Uhr! Aber, das Essen! Ich muss meinen Eltern…
Sumika, beruhige dich. Ab heute Nachmittag sind die beiden zusammen auf einer Geschäftsreise in Izu und kommen erst in drei Tagen wieder. Deshalb habe ich doch auch Kuraiko angerufen, weil meine Eltern nicht da sind. Alles ist in Ordnung!".
„Sumika, geht es dir nicht gut? Soll ich dir einen Tee machen?".
Kuraiko hatte natürlich ihre Aufregung bemerkt und versuchte hinter deren Ursache zu kommen. Doch da war der Schreck schon wieder an Sumika vorbei gegangen und sie versuchte, ihr dankbarstes Lächeln zu zeigen, was ihr zumindest ansatzweise zu gelingen schien. Denn trotz des Schlafs hatte sie es nicht vergessen. Sie hatte nicht

vergessen, wieso Kuraiko hier, was im Verlaufe des Tages alles passiert war. Sie konnte es nicht vergessen, oder daraus aufwachen, obwohl es ein Alptraum war.
„Nein, wirklich nicht, danke. Ich habe dich schon viel zu viel in diese Sache mit hineingezogen. Warst du etwa die ganze Zeit hier, während ich geschlafen habe?".
Kuraiko nickte.
„Ich habe auch noch einmal gründlich im Haus gesucht, ob da nicht etwas fehlt oder hinzugekommen ist, was als Tatwaffe taugen könnte, konnte aber nichts finden. Du hast also wirklich Recht, was deine Vermutung angeht. Ich bin mir ganz sicher, dass du etwas Blutiges beim Abfall gefunden, es berührt und dann die Finger an deinem Regenmantel abgewischt hast. Du bist keine Mörderin, Sumika! Und morgen wirst du ihn hier auch davon überzeugen…".
Sie deutete mit ihrem Kopf auf den Computerbildschirm. Sumikas Augen hatten sich nun wieder vollständig an die Umgebung gewöhnt und sie erkannte, dass dort ein Bild zu sehen war. Als sie sich im Bett leicht aufrichtete, um besser sehen zu können, erkannte sie sofort, was Kuraiko gemeint hatte. Denn sie blickte in das Gesicht des Polizisten, der sie am Morgen befragt hatte. Sie sah Osamu Akechi.
„Viel an Informationen gibt die Seite der Polizei nicht her aber er scheint ein vielversprechender Ermittler mit hervorragender Aufklärungsquote zu sein und ist der mit Abstand jüngste in seiner Abteilung. Erst vor kurzem wurde er zum Inspektor befördert. Aber dir kann er

niemals das Wasser reichen. Es ist doch immer der Detektiv, der am Ende der unfähigen Polizei auf die Sprünge hilft und nicht umgekehrt, oder?".
Die beiden schmunzelten.
„Ich danke dir. Für alles. Du bist wirklich eine tolle Freundin!".
Sie stand auf und umarmte Kuraiko, so fest, dass sie beinahe beide das Gleichgewicht verloren.
„Gern geschehen!", hauchte Kuraiko in ihr Ohr und ein wohliger Schauer durchzog Sumikas gesamten Körper.
„Aber ich möchte nicht, dass du dir noch mehr zumutest. Ich denke, für den Rest des Abends komme ich auch allein zu Recht".
Sumika lächelte. Sie wollte nicht, dass ihre Freundin noch mehr Energie und Zeit für sie aufwendete, denn schließlich war die Situation alles andere als einfach. Sie wollte zeigen, dass sie ohne schlechtes Gewissen und beruhigt gehen kann und sich gleichzeitig selbst mit diesem Lächeln davon überzeugen, dass es tatsächlich so war.
Kuraiko erwiderte ihr Lächeln und stand schweigend auf. Als sie an der Tür angekommen war, blickte sie noch einmal kurz über ihre Schulter:
„Melde dich aber bitte, wenn du nicht zur Ruhe kommst. Ein paar Minuten später bin ich da. OK?".
Ein leichtes Kopfnicken Sumikas genügte als Antwort und Kuraiko ging den Gang entlang, die Treppe hinunter und schließlich fiel die Tür hinter ihr ins Schloss. Sumika saß die ganze Zeit über regungslos da und saugte die

Geräusche förmlich auf. Nun war sie also wirklich allein.
„Nein. Ich bin nicht allein. Selbst wenn meine Eltern oder Kuraiko nicht da sind, sind sie trotzdem bei mir. Das weiß ich jetzt. Und morgen, wenn ich der ganzen Situation gefasster begegnen kann, ist es auch endlich einmal an mir, etwas zu tun. Egal, ob der Inspektor nun glaubt, dass ich eine Mörderin bin oder nicht. Ich werde versuchen, mein Möglichstes dazu beizutragen, dass dieses Verbrechen an Herrn Shinobu nicht ungelöst bleibt. Und egal, welche Wahrheit ich in den Indizien sehe, wie auch immer meine Schlussfolgerung aussehen wird. Allein schon ihm, bin ich es schuldig, sie auszusprechen. Morgen nach den Vorlesungen werde ich also zum Präsidium fahren und…".
Plötzlich stockte Sumika.
„Die Vorlesungen! Das hatte ich ganz vergessen!".
Ihre Finger fuhren über das Touchpad ihres immer noch angeschalteten Computers und sie gab den Namen ihrer Hochschule in die Adressleiste ein. Die Seite wurde aufgebaut. Sumika
las:
„20.35 Uhr: Der Wasserrohrbruch und seine Folgen sind nun komplett behoben. Ein Unterrichtsbetrieb ab morgen ist wieder möglich. Alle Veranstaltungen folgen dem regulären Stundenplan. Beachten Sie bitte die Möglichkeit kurzfristiger Raumänderungen!".
Sie atmete auf. Nicht nur würden ihr die Vorlesungen vor dem Termin bei der Polizei am Nachmittag ein wenig Sicherheit und Ruhe geben, sie würde auch die

Möglichkeit bekommen, Kuraiko zu sehen - zumindest um sich noch einmal angemessen bei ihr zu bedanken. Als die Uhr auf 21.00 Uhr umschaltete, ertönte die Melodie, die das Herunterfahren des Computers signalisierte. Sumika würde nur noch ihre Tasche packen, sich den Wecker stellen und dann schlafen gehen. Und auch wenn sie dem morgigen Tag mit großer Anspannung entgegenblickte, war ihr eines klar. Morgen würde sie sich entscheiden. Die Frage, ob sie eine Mörderin war.

„Das ist es also!".
Sumika blickte auf eine gigantische Landschaft von Gebäuden, die schon aus großer Distanz sichtbar war. In starren, sich schier endlos an den weißen Betonquadern entlangziehenden Fenstern verlor sich ihr Blick. Er wanderte von rechts nach links, oben nach unten und wieder zurück. Es machte keinen Unterschied. Einzig die in Anzahl und Höhe unterschiedlichen Satellitenschüsseln und Antennen auf den Dächern gaben einen Anhaltspunkt, die Gebäude zu unterscheiden. Insgesamt waren es drei, die wie weiße Findlinge im sie umgebenden Park lagen. Ihre gewaltige Größe spiegelte sich im ruhig daliegenden See und stellte die der Bäume mühelos in den Schatten. Sumika wusste, dass sie lediglich einige Kilometer von ihrem Haus entfernt war, doch nichts hätte sie sonst daran erinnert, noch immer in derselben Stadt zu sein. Trotz des Parks, trotz der leicht über den See streichenden Brise, die ihr durchs Haar fuhr,

stieg ihre Nervosität, je näher sie den Gebäuden kam.
Denn im Gegensatz zu den mit jedem Schritt
verstummenden Kindern, die fröhlich lachend ihrem Ball
hinterherjagten oder den leise zwitschernden Vögeln
wurde das Polizeipräsidium immer größer, immer
mächtiger. Schließlich stand sie vor dem Haupteingang.
In den drei großen Schriftzeichen stand dort das, was
wohl keiner der Besucher wirklich brauchte, um zu
wissen, wo man sich gerade befand, worum es sich hier
handelte. Sie wirkten deplatziert, die drei Zeichen des
Keishi-chō. Sumika schloss kurz die Augen, holte tief
Luft. Es war soweit. Als sie durch den Eingang trat und
einen ersten Blick in das Polizeipräsidium warf, war sie
noch überwältigter als von der äußeren Erscheinung der
Gebäude. Eine gigantische goldene Kirschblüte befand
sich direkt in ihrem Sichtfeld und fiel wohl jedem,
Besucher wie Polizist, gleichermaßen als erstes nach dem
Betreten der Eingangshalle auf. Das Symbol der
japanischen Polizei, das für Güte, Stärke und
Gerechtigkeit steht war nicht zu übersehen. Es erinnerte
an die Ideale eines jeden Polizisten, jeden Tag. Und
vielleicht kam es auch nur Sumika so vor, in diesem
Moment. Aber es erinnerte auch sie an etwas. Sie dachte
zurück an das Versprechen, das sie sich und auch Herrn
Shinobu gegeben hatte - den Fall aufzuklären, egal
welches Ergebnis am Ende stehen würde.
„Kann ich Ihnen helfen?".
Sumika erschrak leicht, als die Frage in ihre
Gedankenwelt eindrang. Sie brauchte einen Moment, um

auszumachen, woher sie kam. Doch schon kurz darauf blickte sie in das Gesicht einer jungen Polizistin. Ihre Uniform bestand aus einem kurzen, hellblauen Hemd sowie einer langen, dunkleren Hose.
„Oh! G… Guten Tag! Ich suche tatsächlich jemanden. Ich bin mit Inspektor Akechi verabredet…".
„Beruflich oder privat?".
Sumika schnappte nach Luft. Der freundliche und zugewandte Gesichtsausdruck der Polizistin blieb unverändert.
„A… also, ich. Eine Zeugin!".
Sumika konnte sich nur mit Mühe davon abhalten, einfach das Gebäude zu verlassen. Sie schluckte. Wenn sie schon jetzt kaum in der Lage war, einen klaren Satz zu formulieren, wie sollte sie dann dem Inspektor Paroli bieten können? Da rückte die Polizistin ihren leicht verrutschten blauen Hund mit schwarzer Krempe und der golden Kirschblüte in der Mitte zurecht. Sumika sah dieses Symbol und erinnerte sich, an das, was gerade eben noch durch ihren Kopf gegangen war. Sie ballte ihre Fäuste an den seitlich herunterhängenden Armen.
„Ich soll als Zeugin im Mordfall Shinobu aussagen. Könnten Sie mir bitte sagen, wo ich den Inspektor finde?".
Sumika war selbst wohl am meisten überrascht, wie klar und bestimmt ihre Aussage nun war. Und plötzlich registrierte sie etwas. Nur für den Bruchteil einer Sekunde aber trotzdem merklich veränderte sich das Gesicht der Polizistin. Sie zog die Augenbrauen nach

oben, ihr Mund öffnete sich leicht. Sie schien verblüfft zu sein. Doch weshalb? Lag es an der Frage nach dem Kommissar, dem Fall oder ihr, Sumika selbst? Noch bevor sie sich darüber weiter den Kopf zerbrechen konnte, wurde klar, was diese Reaktion hervorgerufen hatte.

„Da haben Sie aber Glück. Ich arbeite in derselben Abteilung wie Inspektor Akechi und kann Sie gleich zu ihm bringen, wenn Sie möchten. Er redet schon seit dem Morgen davon, dass heute Licht in diesen Mordfall gebracht wird, wenn erst einmal die Zeugin eintrifft. Sie sind doch Frau Maboroshi, oder?".

Sumika nickte und folgte der Polizistin, ohne nachzudenken, fast roboterhaft.

„War es wirklich Zufall, dass ausgerechnet sie, eine Mitarbeiterin des Inspektors mich in der Eingangshalle anspricht und fragt, ob sie mir helfen kann? Sie kennt meinen Namen aber ihre initiale Reaktion, als ich erwähnt habe, dass ich diese Zeugin bin, schien tatsächlich wahre Überraschung auszudrücken. Weiß sie also meinen Namen, kennt aber mein Gesicht nicht? Das spricht dafür, dass sie die Fallakten kennt. Und eigentlich ist es nicht wirklich verwunderlich, dass sie mich nicht erkannt hat, denn schließlich hat mich nur der Inspektor bei seiner Befragung gestern gesehen. Es scheint also wirklich nur Zufall gewesen zu sein…".

Von außen nicht wahrnehmbar, gewann die Detektivin in Sumika immer mehr die Oberhand. Kühl und rational spielte sie alle Optionen durch. Als die beiden mit dem

Fahrstuhl in den zehnten Stock fuhren, wurden Sumika erst die tatsächlichen Ausmaße des Präsidiums bewusst. Wie eine Ameisenkolonie sah das rege Treiben in der Eingangshalle nun aus. Scheinbar ohne System, wild durcheinander war jede der Arbeiterinnen auf dem Weg, die ihr aufgetragene Aufgabe zu erfüllen und doch gab es keine Komplikationen, keine Zusammenstöße. Da ertönte die Klingel des gläsernen Fahrstuhls und ein langer Gang tat sich vor der Polizistin und Sumika auf. Nur vereinzelt konnte man sehen, wie kurz eine Gestalt in Hemd oder Anzug über den Flur in ein anderes Zimmer ging. Hier war sicherlich kein Ort für kleine Arbeiterinnen. Die beiden gingen immer weiter und hatten schon einige Meter zurückgelegt. Da tauchte auf einer Seite ein Großraumbüro unglaublichen Ausmaßes aus. Mindestens zwei Dutzend Schreibtische mussten sich in diesem befinden, die durch eine Glaswand von Sumika und der Polizistin getrennt waren. Berge von Akten, flackernde Computerbildschirme und Männer in Anzügen waren zu sehen. Ohne auch nur einen Blick dorthin zu richten, ging die Polizistin daran vorbei, immer weiter den Gang entlang. Nun begannen einzelne Zimmer abzuzweigen, die jeweils mit kleinen Namensschildern rechts neben der Tür versehen waren. Es war schließlich die dritte Tür an der die Polizistin stoppte. Schon während sie anklopfte und auf eine Reaktion wartete, fand Sumika bei ihrem Blick auf eben das dazugehörige Schild Bestätigung für ihre Vermutung, dass dies das Büro von Inspektor Akechi war.

„Ja, bitte?".
Dumpf konnte man eine Stimme aus dem Zimmer hören und die Polizistin öffnete die Tür.
„Herr Inspektor, eine Zeugin im Shinobu-Fall ist für Sie angekommen. Sie heißt Sumika Maboroshi".
„Sie hat die Akte gelesen!".
Nun war es eindeutig. Diese Polizistin wusste mehr über Sumika, als einfach nur ihren Namen. Sie musste das Protokoll zu ihrer ersten Befragung durch den Inspektor gestern gelesen haben. Wie sonst könnte sie ihren Vornamen kennen?
„Oh, vielen Dank! Sie sind überpünktlich, Frau Maboroshi! Bringen Sie die Zeugin doch bitte schon einmal in den Befragungsraum. Ich komme dann gleich nach".
„Jawohl!".
Sie schloss die Tür wieder und wandte sich zu Sumika: „Bitte, folgen Sie mir!".
Zwei Zimmer weiter wies ein Schild, diesmal über einer Tür auf der linken Seite auf eben diesen Raum hin. Die Polizistin öffnete die Tür und schaltete, obwohl es doch draußen noch hell war, das Licht ein. Nur mühsam und erst nach mehrmaligem, wildem Aufblinken erhellten die vier Leuchtstoffröhren an der Decke den Raum. Und das war auch tatsächlich notwendig. Ein Fenster so klein, dass wohl noch nicht einmal ein Kind durchpasste war die einzige natürliche Lichtquelle im ansonsten durchweg dunkelgrau gestrichenen Raum.
„Nehmen Sie doch schon einmal Platz. Der Inspektor

wird gleich bei Ihnen sein".
Die Polizistin erneuerte ihr Lächeln und wies Sumika mit einer Geste, den Raum zu betreten. Sie ging hinein und schaute sich um. Die Tür hinter ihr wurde geschlossen und sie war allein. Einzig ein hellbrauner Holztisch, zwei Stühle, ein Mikrofon und zwei leere Gläser standen in dem Raum. Behutsam schritt Sumika voran. Da huschte plötzlich ein Lächeln über ihre Lippen.
„Hier wird es sich also entscheiden... Eine passende Atmosphäre, finde ich".
Sumika war nun endgültig wieder die Detektivin, die damals die Frau des von Michikos Hund gebissenen Mannes überführt, die gestern ihre eigene Unschuld zumindest nicht ausgeschlossen hatte. Und es sollte sich zeigen, dass sie bald alle ihre detektivischen Fähigkeiten brauchen würde, um Licht in den Fall um den toten Herrn Shinobu zu bringen. Auf dem Weg zu einem der Stühle fiel ihr etwas auf. Ein Photo lag dort. Sumika ging näher heran und nahm es in die Hand.
„Wie es aussieht, hat er schon den ersten Zug gemacht...".
Da plötzlich öffnete sich die Tür und Sumikas Blick löste sich von dem Bild. Wie es zu erwarten war, kam der junge Kommissar herein und lächelte sie beinahe exakt so an, wie es noch vor wenigen Momenten die Polizistin getan hatte.
„Entschuldigen Sie, dass ich Sie habe warten lassen, Frau Maboroshi! Sie wissen bestimmt wie das so ist, wenn man mal mit dem Papierkram anfängt. Immer neue Dinge

kommen hinzu, die man für einen einzigen Antrag braucht. Tja, so ist es eben…".
Erst jetzt bemerkte Sumika, dass Akechi noch etwas in den Händen hielt. Es war eine Flasche Wasser, die er sachte auf den Holztisch stellte. Er zog das Glas an der Stirnseite zu sich und füllte es zu etwa drei Viertel voll mit Wasser. Die Kohlensäureblasen zischten und tanzten für eine Weile, bevor der Inspektor einen kräftigen Schluck nahm. Sumika nutze die Gelegenheit, um den Mann, der über ihr Schicksal mit entscheiden würde, zu mustern. Im Gegensatz zur gestrigen Befragung trug er einen edlen schwarzen Anzug mit dünner, ebenfalls schwarzer Krawatte. Die dazu passende Hose und ein weißes Hemd ließen sie zumindest in Gedanken etwas schmunzeln:
„Sein Outfit deutet schon einmal darauf hin, dass er mir ein Grab schaufeln will".
Nachdem Akechi das Glas wieder gesenkt hatte, schaute er in Richtung seiner Zeugin.
„Darf ich Ihnen auch etwas anbieten?".
„Gern!".
Die noch immer stehende Sumika verharrte mit ihrem Blick auf dem zweiten Glas. Der des Kommissars folgte ihr. Er führte die Flasche an Sumikas Glas und das Mineralwasser strömte hinein. Jedoch nur bis zur Hälfte. Denn beim Blick auf den Platz hatte Akechi schon bemerkt, dass es nicht nur das Glas war, welches Sumika dorthin schauen ließ.
„Sie haben es schon gesehen? Das Photo, meine ich?".

Seine Stimme veränderte sich. Die Ouvertüre schien jetzt abgeschlossen.
„Es war schwer, zu übersehen, oder?".
„Nun gut, dann fangen wir also an. Wollen Sie sich nicht setzen?".
Mit der passenden Geste, deutete er Sumika an, Platz zu nehmen und sie entsprach dem. Ein kurzer Blick in die Ecken des Raumes verriet ihr, dass er mit Videokameras ausgestattet war. Aber das war alles andere als überraschend.
„Was sagt Ihnen das Bild?".
Auch Akechi saß inzwischen, die Hände locker auf den Tisch ablegend.
„Aller Wahrscheinlichkeit nach handelt es sich um ein Tatortphoto aus Herrn Shinobus Haus. Jedenfalls erinnert mich die Einrichtung an sein Badezimmer, dass ich während unseres Treffens am Samstagnachmittag auch benutzt habe. In der Mitte liegt eine Leiche, die eine große, blutverschmierte Platzwunde am Hinterkopf hat. Zwar ist das Gesicht nicht zu sehen, doch ich tippe, dass es sich bei der Leiche um den Hausbesitzer handelt. Seine Arme sind seitlich nach unten weggestreckt und er trägt Hausschuhe. Da das Blut auf seinem Hinterkopf schon schwarz ist, muss der Tod mindestens 30 Minuten her sein, andere Blutspuren sind nicht zu sehen. Doch dies ist nicht der eigentliche Grund, wieso Sie mir dieses Photo gezeigt haben, oder? Etwas hat Sie stutzig gemacht, nehme ich an?"
Akechi schmunzelte leicht.

„Was sollte das sein? Es ist ein Bild vom Fundort der Leiche und Sie haben genau dieselben Schlussfolgerungen gezogen, wie man es schon im ersten Jahr der Polizeiausbildung lernt. Was gibt es, das mich stutzig machen sollte?".
Sumika erwiderte seinen Gesichtsausdruck und lehnte sich zurück, die Arme vor der Brust verschränkt.
„Hatten wir das nicht gestern schon? Sie müssen wirklich besser auf Ihren Ausdruck achten, Herr Inspektor".
Für einen kurzen Moment verlor sich die Sicherheit in der Mimik Akechis.
„Es gibt noch etwas, das man viel früher auf der Polizeischule lernt, noch bevor man Photos analysiert. Zumindest hoffe ich das. Sie haben mich gefragt, was Sie an dem Bild des Fundorts der Leiche stutzig machen soll. Mit anderen Worten handelt es sich dabei nicht um den Tatort, oder? Ein aufstrebender Polizist wie Sie, sagt das nicht einfach so daher. Vielleicht hätte es anders ausgesehen, wenn ich vom Fund- und nicht vom Tatort gesprochen hätte. Das hätte Sie womöglich bei der Antwort mit diesem Wort geprimt oder Sie hätten behaupten können, mich aus Höflichkeit nicht korrigiert zu haben. Da es aber nicht der Fall war, hat Sie genau dasselbe zur Schlussfolgerung veranlasst, dass das nicht der Tatort sein kann, wie mich".
„Welche Schlussfolgerung soll das bitte sein!".
Die Unsicherheit des Kommissars schien nun leichtem Ärger zu weichen. Seine Stimme wurde knurrig, seine Stirn übersäht von Falten.

„Der Tote hatte eine stark blutende Wunde am Hinterkopf. Es gibt nun zwei Möglichkeiten: Entweder führte sie sofort zum Tod oder er war zuerst nur bewusstlos und starb dann später an den Folgen, weil nicht schnell genug Hilfe kam. Wenn der Schlag sofort tödlich gewesen wäre, würden Tat- und Fundort übereinstimmen aber auf dem Bild findet sich keine einzige Blutspur, was bei den weißen Badfliesen sofort ins Auge fallen würde. Ein Täter, der dem flüchtenden Herrn Shinobu bis zum Badezimmer folgte und ihn dort tötete, hätte mit Sicherheit Blutspuren dort hinterlassen. Die zweite Möglichkeit ist nun, dass Herr Shinobu nach dem Einbruch aufwachte und versuchte, Hilfe zu holen, was er dann aber schließlich nicht schaffte und er auf dem Weg ins Bad starb. Hier wären Tat- und Fundort nicht identisch…".
Sumika nahm einen Schluck Wasser aus ihrem Glas und setzte dann nahtlos fort.
„Ich glaube kaum, dass er sich nach einem derart harten Schlag wieder aufrichten konnte. Er muss sich also robbend bewegt haben. Zwei Dinge machen das doch sehr unwahrscheinlich. Erstens stellt sich die Frage, wieso er, um Hilfe zu rufen, sich ins Bad schleppen sollte. Ein Telefon wäre doch da viel logischer. Aber selbst, wenn er die Orientierung verloren hat, spricht eine andere Sache noch viel deutlicher gegen diese Version. Seine Arme sind an seinen Seiten, nicht etwa über dem Kopf. Herr Shinobu konnte sich so also gar nicht in dieses Zimmer geschleppt haben, denn ansonsten wäre er in

dieser Haltung gestorben. Auch die fehlenden Blutspuren an seinen Fingern deuten darauf hin, denn in der Regel greift man an eine Wunde, um die Blutung zu stillen oder den Schmerz zu lindern. Kurzum, heißt das, er muss schon tot gewesen sein, als er ins Badezimmer gebracht wurde und zwar vom Täter. Da Ihnen das natürlich auch sofort klar war, haben Sie vom Fund- und nicht dem Tatort gesprochen".
Sumika holte Luft. Erleichtert, überlegen schaute sie in das Gesicht des Inspektors. Dessen Mine hatte sich nun wieder zu einem neutralen Gesicht gewandelt.
„Jetzt wird er wohl wissen, dass ich mit solchen Spielchen nicht zu verwirren bin".
Siegessicher schaute ihn Sumika direkt an. Da stützte er sich mit beiden Händen auf dem Tisch ab, stand auf und wandte Sumika den Rücken zu. Trotzdem war seine Stimme noch deutlich hörbar.
„Wissen Sie, was die meisten meiner Kollegen jetzt tun würden?".
Sein Kopf neigte sich leicht in die Richtung einer Kamera.
„Sie würden Sie sofort festnehmen! Man würde Ihnen niemals glauben, dass Sie das alles nur aus diesem Photo abgeleitet haben. Obwohl Sie so eine schlaue Psychologiestudentin sind, würde man Ihnen das nicht glauben. Schließlich haben Sie ganz eindeutig Täterwissen…".
Er drehte sich wieder zu ihr um.
„Nicht wahr?".

Nun war es Sumika, deren Souveränität zu schwinden schien.
„Und es wäre ein Leichtes, das auch jetzt zu tun. Aber wenn ich das wirklich getan hätte, dann hätte ich leider nicht die Chance gehabt, Sie heute wiederzusehen. Schließlich säße ich dann in einer Zelle".
Akechi lachte.
„Aber das mit meinem Ausdruck werde ich wohl wirklich verbessern müssen. Dafür hat es sich schon gelohnt, dass ich meinen Kollegen noch nichts von meinen und jetzt ja ihren Schlussfolgerungen erzählt habe. Ich weiß nicht, ob ich da vielleicht ein wenig zu weit gedacht habe, gestern. Aber ich würde trotzdem gern Ihre Meinung zu etwas hören. Würden Sie mir da helfen?".
Sumika schluckte. Der Inspektor schritt auf und ab, setzte sich dann jedoch wieder hin.
„Gern. Wenn ich Ihnen helfen kann…".
Leichte Unsicherheit mischte sich in ihre Stimme. Hatte er vielleicht genau das geplant? Hatte er geplant, Sumika erst das Gefühl der Überlegenheit zu geben, nur um dann ihre Unvorsichtigkeit auszunutzen?
„Sie sagten ja, es hätten Blutspuren zurückbleiben müssen, auf den Badfliesen, wenn Herr Shinobu dort getötet wurde. Aber gibt es denn nicht auch die Möglichkeit, dass sie dort waren und jetzt nicht mehr sind, das heißt, dass der Täter sie abgewischt hat?".
Sumika antwortet prompt.
„Wieso sollte ein Einbrecher das tun, wenn er doch damit

rechnen muss, dass ihn jemand entdeckt, wenn er zu lange im Haus bleibt?".
„Sehen Sie, das hat mich auch stutzig gemacht. Und da kam mir etwas in den Sinn. Es ist zwar nicht mehr eins der neuesten aber vielleicht kennen Sie es auch. Dieses Buch, das Agatha Christie 1936 veröffentlich hat. Dieses Buch mit dem Titel ‚Die Morde des Herrn ABC'…".
Die Rollen hatten sich nun endgültig verkehrt. Quasi mit dem Moment als Akechi seinen Satz beendet hatte, wich Sumika jegliche Farbe aus dem Gesicht. Sie wurde bleich, räusperte sich und schaute ihn an. Ihr Blick hatte nichts mehr von Überlegenheit oder dem Selbstvertrauen mit dem sie hoffte, dem Inspektor Paroli zu bieten. Sie versuchte zu sprechen, konnte jedoch nicht. Ihre Kehle war zu trocken und sie musste ihr Glas komplett leeren, bevor sie einen neuen Versuch unternehmen konnte, der Bitte Akechis nachzukommen.
„Ja. Ich kenne das Buch".
Erst jetzt realisierte Sumika an ihrer so zerbrechlichen Stimme, dass sie drohte das Duell schon zu verlieren.
„Sumika, reiß dich zusammen. Das kann alles nur Taktik sein. Wie soll er wissen, was in dieser Nacht geschehen ist, wenn nicht mal ich es weiß. Und außerdem…".
Sie blickte noch einmal auf das Bild. Da, nach wenigen Augenblicken, blitzte ein leichtes Lächeln in ihrem Gesicht auf und sie schaute wieder nach oben.
„Ich habe es vor gar nicht so langer Zeit einmal gelesen. Es geht um eine Mordserie bei der Personen nach der Reihenfolge des Alphabets ermordet werden. Die

Initialen des ersten Opfers sind AA, des zweiten BB und des dritten CC. Der Verantwortliche soll ein aufdringlicher Verkäufer sein, der an allen Tatorten zugegen war. Das glaubt zumindest die Polizei…".
Ihr süffisantes Lächeln veranlasste Akechi dazu, selbst fortzufahren.
„Aber der große Hercule Poirot, der weltbeste Detektiv, wie er sich vorzustellen pflegt, ermittelt weiter. Und alles in allem sind es seine Schlussfolgerungen, die zum wahren Täter führen. Er hatte alles geschickt eingefädelt und wollte die Taten zu denen eines Serienmörders machen. Dabei waren die ersten beiden Opfer nur Mittel zum Zweck, dass er beim dritten nicht selbst in Verdacht geraten würde. So entstand die Illusion der Morde nach dem Alphabet. Sie wissen sicher, worauf ich hinaus will…".
„Natürlich!".
Sumika reagierte prompt.
„Sie gehen davon aus, dass ich es war, die für die anderen Einbrüche verantwortlich ist und zwar nicht etwa, um sich selbst zu bereichern. Sie sollten nur den jetzigen Mord, der von mir begangen wurde, wie die Folge eines der Einbrüche aussehen lassen. Dabei hatte ich die ganze Zeit schon nur diesen geplant. Aber ich muss Sie enttäuschen, Inspektor Akechi. Ich weiß zwar nicht, wieso der Täter sich dazu entschlossen hat, die Leiche von Herrn Shinobu zu bewegen. Doch dass er es getan hat steht außer Frage".
Jetzt war es der Inspektor, der zu grinsen begann.

„Vielleicht hat einfach nur die Spurensicherung schlampig gearbeitet…".
„Nein, das kann nicht sein. Jeder Laie weiß, dass Blutspuren am Tatort, selbst wenn sie nicht sichtbar sind, mit Luminol zum Vorschein gebracht werden können. Da hilft auch das gewissenhafteste Putzen nicht. Hätte man Spuren gefunden, wären sie markiert wurden und auf dem Photo. Davon ist aber nichts zu sehen. Mit anderen Worten…".
„… hat der Täter ihn, nachdem er ihn erschlagen hat, ins Bad getragen. Das ist für Sie als schmächtige junge Frau natürlich nicht ohne Weiteres möglich. Sie scheiden somit als Täterin aus".
Wieder nahm Akechi, Sumika die Worte quasi aus dem Mund.
„Sie sind wirklich eine ganz besondere Person, Frau Maboroshi. Ich dachte schon, dass ich vielleicht nie jemanden wie Sie kennenlernen würde…".
Sumika runzelte die Stirn. Worauf wollte er damit wohl hinaus?
„Wir sind an genau derselben Stelle angekommen. Sie und ich. Und Sie haben sogar nur das Photo der Leiche gesehen und wissen nicht wie ich von den im Wohnzimmer gefundenen Blutspuren. Und ich dachte schon, dass ich der einzige sei".
Akechi stand wieder auf. Er schob seinen Stuhl an den Tisch heran und stützte sich auf die Lehne, den Blick direkt auf Sumika richtend.
„Wissen Sie, warum ich zur Polizei gegangen bin?".

Sumika schwieg, fokussierte ihn jedoch weiter.
„Ich dachte in meiner kindlichen Naivität, dass dort nur solche Leute arbeiten wie ich. Leute, die jede noch so kleine Spur sofort zu deuten verstehen und aus ihnen die richtigen Schlussfolgerungen ziehen. Leute, die in einem Tatort lesen, wie in einem offenen Buch und das Ende kennen, während andere noch nicht einmal den Anfang gemacht haben. Leute mit messerscharfen Verstand und …".
„… einem außergewöhnlich hohen Selbstvertrauen?".
Sumika ging dazwischen und selbst, wenn Sie es nicht nach außen trug, genoss sie es sichtlich Akechi ins Wort zu fallen.
„Ja, auch das!".
Er schmunzelte.
„Ich hoffte, von ihnen zu lernen und jeden Tag eine neue Herausforderung bei der Polizei zu finden. Aber die lag bis jetzt einzig und allein darin, Fälle so lange hinzuziehen, bis sie auch ‚realistisch' aufgeklärt werden konnten. Wie gesagt säße ich schon längst selbst hinter Gittern, hätte ich meine Schlussfolgerungen nicht taktisch klug eingestreut. Sie haben genau dieselbe Gabe, Sumika. Sie blenden die unwichtigen Dinge aus, konzentrieren sich einzig und allein auf die Fakten und handeln nach dem Rational der Logik. Sie sind diejenige, die ich schon so lange gesucht habe!".
Doch plötzlich stockte der sich immer weiter selbst euphorisierende Akechi. Er hatte bemerkt, dass Sumika nicht reagiert hatte und schien unschlüssig, wie er dies

deuten sollte.
„Was sagen Sie dazu, Sumika? Sie geben mir doch Recht?".
Schweigen.
„Frau Maboroshi.".
Der Inspektor stutze.
„Was meinen Sie damit?".
Sumika schaute in seine Richtung, direkt in die Augen Akechis.
„Ich würde es vorziehen, wenn sie mich so nennen würden".
Nur für einen kurzen Moment fand sich Überraschung in den Augen des Polizisten wieder. Sumika bemerkte dies sofort.
„Es ist mir egal, was oder wen er in mir sieht. Und mir ist auch egal, ob ihn das gegen mich aufbringt. Es geht nur darum, den Mörder von Herrn Shinobu zu finden, nichts weiter. Er ist ein Gegner, vor dem man auf der Hut sein muss. Keine seiner Äußerungen ist zufällig. Vielleicht wollte er Vertrauen gewinnen, nachdem seine gespielte Naivität keinen Erfolg hatte…".
Sumikas Gedanken kreisten um die Äußerungen des Inspektors. Und wenngleich sie sie in gewissem Sinne nachvollziehen konnte, blieb sie distanziert.
„Gut. Dann machen wir weiter, Frau Maboroshi".
So, als sei nichts gewesen, kehrte er zu einer neutralen Tonlage zurück und holte einen Umschlag aus der Innentasche seines Anzugs heraus. Er war nur etwas größer als das Photo der Leiche, das noch immer auf dem

Tisch im Verhörzimmer lag.

„Sie sind eine sehr rationale Person, wie mir scheint. Kriminalistischen Sachverstand haben Sie ebenso wie logisches Denkvermögen. Ihre Schlussfolgerungen zum Tathergang decken sich exakt mit meinen. Wenn Sie der Täter wären, hätten Sie sicherlich nicht die Dummheit begangen, die Polizei auf Ihre Fährte zu führen. Ein rational denkender Mensch wie Sie tut das schließlich nicht. Aber was ist, wenn Sie nicht Sie selbst waren, in dieser Nacht? Wenn Sie etwas davon abgehalten hat, so nüchtern und logisch zu handeln wie sonst?".

Akechis Stimme bleib ruhig. Doch selbiges galt nicht für Sumika.

„Nein! Nein! Das kann nicht sein. Woher sollte er wissen, dass ich schlafwandle? Ich weiß es erst seit einigen Tagen und wusste es jahrelang nicht. Es ist unmöglich, dass er das so schnell herausgefunden hat!".

Ihr Herz schlug immer schneller. Wieder wurde ihre Kehle trocken, während sie versuchte, sich mit ihren schweißnassen Händen an der Sitzfläche des Stuhls festzuklammern.

„Es gibt Dinge, die bringen selbst den kühlsten Kopf ins Schwitzen, Frau Maboroshi. So ist es doch…".

Erste Schweißperlen spiegelten das kalte Neonlicht auf ihrer Stirn.

„War ich es also wirklich? Bin ich eine Mörderin?".

Akechi öffnete den Umschlag, zog mehrere Bilder heraus und warf sie auf Sumikas Seite des Tischs.

„Dinge wie diese, Frau Maboroshi?".

Sumika musste sich zwingen, die Bilder anzusehen, vermutete sie doch, dass sich auf Ihnen der Beweis dafür befand, dass sie schlafwandelnd ihren Nachbarn getötet hatte. Doch dem war nicht so. Dieser Sekundenbruchteil der Erleichterung sollte jedoch nur vorübergehend sein. Denn das, was sie sah, was die Bilder wirklich zeigten, war vielleicht sogar schlimmer als alles, was Sumika hätte erwarten können. Sie konnte es nicht glauben. Ihre Mimik blieb starr, ihr Kopf war leer. Der einzige Satz, den sie imstande war zu äußern klang eher reflexhaft, fast mechanisch und ohne Emotion:
„Das bin ja ich...".
Mindestens ein Dutzend Fotos sah Sumika vor sich und alle zeigten ohne Ausnahme sie. Doch nicht etwa die erwachsenen Sumika war das Motiv. Es handelte sich um Bilder von ihr als Kind. Spielend im Garten, mit einem Lachen im Gesicht, als ihr Vater sie im allerersten Kimono sah, ein Stück Kuchen mit ihrer Mutter im Garten essend. Sie, sie, nur sie war im Fokus dieser Bilder.
„Die haben wir in einem Versteck im Badezimmer des Opfers gefunden. Kennen Sie diese Aufnahmen?".
Sumika nahm die Frage des Inspektors kaum wahr. In ihren zitternden Händen hielt sie nun eines der Bilder.
„Bei ihrem Nachbarn Herrn Shinobu, dem Mordopfer, handelte es sich um einen anscheinend pädophilen Mann. Er war polizeibekannt. Erst einige Jahre nachdem diese Photos aufgenommen wurden, erstattete seine Frau Anzeige gegen ihn. Wahrscheinlich hatte sie ein anderes

Versteck seiner Bilder beim Aufräumen gefunden. Zumindest steht es so im damaligen Protokoll. Mit dem Beginn der Ermittlungen zog sie sofort aus und auch der gemeinsame Sohn Takahiro wurde in eine ausländische Schule geschickt".
Sumika konnte diese Worte zwar hören aber sie zogen an ihr vorüber, wie eine flüchtige Brise.
„W… Wieso? Er…".
„Es gab keine Beweise gegen ihn. Zwar fand man noch viele solcher Bilder in seinem Besitz aber sie waren strafrechtlich nicht relevant. Die Kollegen damals haben zwar Ermittlungen aufgenommen aber man konnte keine Straftaten nachweisen. Ihre Eltern hatte man damals auch vernommen und ihnen die Photos gezeigt. Insbesondere Ihr Vater war kaum zu beruhigen, Frau Maboroshi".
Jetzt schnellte Sumikas Kopf nach oben. Sie konnte kaum noch die Tränen zurückhalten, die sich mehr und mehr in ihren Augenwinkeln sammelten.
„Papa?".
„Für ihn war ebenso wie für die Kollegen klar, dass es sich bei ihm um einen Pädophilen handelte. Doch die Beweislage war wie gesagt zu schwach. Da nie etwas Schwerwiegendes passiert war, kam es nicht zu einem Prozess aber natürlich konnte man abseits dessen einige Maßnahmen ergreifen. Erhöhte Polizeipräsenz, mehr Streifen in der Gegend. Das war der Polizei damals möglich. Und hinzu kommt noch die Reaktion der Nachbarn. Jeder dachte, Shinobu würde wegziehen. Als er dann aber blieb, erfuhr er die vielleicht größte Strafe,

größer als einige Jahre im Gefängnis. Er war ein geächteter Mann. Anstelle eines wütenden und öffentlichkeitswirksamen Protests, der natürlich die Medien angelockt und das Viertel auf ewig in Verruf gebracht hätte, handelten die Einwohner anders. Sie ächteten ihn, machten ihn bei jeder Gelegenheit deutlich, wie minderwertig, welcher Abschaum er für sie war. Doch jemandem scheint dies nicht gereicht zu haben. Selbst nach all den Jahren muss jemand einen unglaublichen Hass auf ihn gehabt haben. So groß, dass er ihn mit unvorstellbarer Wucht tötete".
Sumika konnte die Tränen nicht mehr stoppen. Sie rannen ihre Wangen hinunter. Unaufhörlich.
„Deshalb also. Deshalb haben mir meine Eltern verboten, Herrn Shinobu zu besuchen. Deshalb hatte er niemals Besuch. Deshalb habe ich ihn auch im Schlaf…".
Sumika konnte an nichts Anderes mehr denken. Sie war sich sicher, dass sie es war. Sie hatte ihren Nachbarn erschlagen. Vielleicht hatte sie es wirklich gewusst, die ganzen Jahre. Vielleicht hatte der Besuch bei ihm alles wieder in ihr Gedächtnis gerufen, die verdrängten Erinnerungen geweckt, die sie bis in den Schlaf verfolgten und zur Mörderin werden ließen. Es gab nun kein Zurück mehr.
„So ist es gewesen. Ganz sicher!".
Vor ihrem inneren Auge sah Sumika das Gesicht von Kuraiko, die die Arme um sie gelegt und getröstet hatte, als das erste Mal der Verdacht aufkam, dass sie ihren Nachbarn getötet haben könnte.

„So ist es Kuraiko. Ich bin mir jetzt sicher!".
Mit einem zufriedenen Gesichtsausdruck, so als hätte sie endlich einen tonnenschweren Ballast abgelegt, blickte sie zu Inspektor Akechi, der die ganze Zeit über regungslos verharrt hatte. Es war an der Zeit.
„Doch selbst, wenn Sie wollten, dass man die Photos bei der Leiche im Bad finden würde und Sie jetzt nur überzeugend glauben machen wollen, die Bilder zum ersten Mal zu sehen, sind noch einige Dinge unklar. Tatsächlich wäre es Ihnen allein nicht möglich gewesen, die Leiche zu bewegen und vor allen Dingen haben Sie ein Alibi".
Plötzlich stutzte Sumika. Für diesen einen Moment stoppte der Tränenstrom, der über ihre Wangen strömte scheinbar. Sie runzelte leicht ihre Stirn, während Akechi begann, wieder auf und ab zu laufen.
„Die geschätzte Todeszeit des Opfers liegt bei 21.00 Uhr, maximal. Natürlich war das erste, was ich nach Ihrer Befragung gestern und als sich immer mehr Indizien für Sie als Täterin fanden, tat, Ihr Alibi zu überprüfen. Sie sagten aus, erst spät nach Hause gekommen zu sein, genauer gesagt um…".
Er fischte in der anderen Jackettasche und zog sein Notizheft hervor. Ruhig schlug er es auf und fuhr dann fort.
„…22.15 Uhr. Wie soll es Ihnen also gelungen sein, das Verbrechen zu verüben, wenn Sie zu dieser Zeit gar nicht vor Ort waren? Natürlich wäre es möglich, dass Sie gelogen und eine falsche Ankunftszeit angegeben haben.

Ich machte also ein paar Telefonate und schon wusste ich, dass Sie unmöglich früher als zur angegebenen Zeit hätten zu Hause ankommen können. Schließlich hatten Sie…".

„Ich war schließlich mit zwei Freunden zu diesem Zeitpunkt im neuen Sportzentrum und beendete gerade meine Partie Squash. Das wollten Sie doch sagen, oder?".
Langsam begann Sumika, wieder an Sicherheit zu gewinnen. Die Souveränität kehrte wieder Schritt für Schritt in ihr Auftreten zurück. Sie wischte sich mit ihrem Ärmel die Tränen aus dem Gesicht und wenngleich sie noch nicht ganz zur Rolle der Detektivin zurückgekehrt war, gab es doch kein Zurück mehr. Die Schlussfolgerungen des Inspektors hatten sie zu sehr herausgefordert.

„Sie haben sofort gemerkt, wahrscheinlich schon, als ich Ihnen gestern die Tür öffnete, dass ich entweder Tennis oder Squash spiele".
Sumika öffnete ihre rechte Hand und zeigte Akechi deren Innenseite.

„Die Schwielen an den Händen haben mich verraten und vielleicht hatte ich sogar noch einige kleine Farbrückstände vom Griffband an ihnen. Es war also ein Leichtes, auf eine Racketsportart zu kommen. Dann haben Sie einfach im Umkreis meines Hauses die Sportzentren angerufen, die erstens relativ lang geöffnet haben und zweitens Squash- und Tenniscourts im Angebot haben. Sicherlich haben Sie nicht lange gebraucht, um herauszufinden, dass ich zusammen mit

zwei Mitspielern im neu eröffneten Sportzentrum war, dass eine gute halbe Stunde von meinem Haus entfernt liegt. Aber wie sind Sie darauf gekommen, dass ich nicht allein dort gewesen bin, sondern mit Freunden?".
Akechi zeigte seit geraumer Zeit die erste positive Regung. Er schien wieder Gefallen am Wettstreit gefunden zu haben. Außerdem konnte er sich noch als Überlegener fühlen.
„Einige Nachbarn hatten mir schon vorher gesagt, dass sie einen roten Kleinwagen gesehen hatten, der direkt vor Ihrem Haus hielt. Das war kurz nach 22.00 Uhr. Da ich keinen in Ihrer Einfahrt sah und Sie keine Garage besitzen, konnte ich ausschließen, dass es Ihr eigenes Fahrzeug war. Aber das war eigentlich nicht mehr nötig. Ich habe Ihnen doch erzählt, wie die Nachbarschaft nach der Verfahrenseröffnung gegen Herrn Shinobu reagiert hat?".
Ob Akechi damit versuchte, Sumika wieder in die Ecke zu drängen oder diese Äußerung nur getätigt wurde, um seine Schlussfolgerungen zu untermauern, wusste sie nicht. Doch die Sumika, die jetzt wieder in das Verhörzimmer zurückgekehrt war, die Sumika, die den Mörder ihres Nachbarn finden wollte, die Sumika, die nun wieder an ihre eigenen Unschuld glaubte, würde sich davon nicht mehr aus der Bahn werfen lassen.
„Dazu gehörte auch, dass jedes noch so kleine Geräusch, jede Person und jeder Wagen penibel beobachtet und erfasst wurden. Es existieren richtige Protokolle, wer, wann, an welchem Ort war und wie oft Fremde

vorbeikamen".
„Das hat Ihnen wohl das Kennzeichen von Masaru beschert, nehme ich an?".
„Exakt. Somit konnte ich auch herausfinden, in welchem Zeitraum Sie in diesem Sportzentrum waren…".
Ohne in seinem Notizbuch nachzuschauen, ging er in Richtung seines Stuhls und setzte sich.
„Ein gewisser Masaru Iwata hatte von 20.00 Uhr bis 22.00 Uhr den Squash Court 4 gebucht. Das muss an sich noch nichts heißen aber als ich nachfragte, ob er auch tatsächlich zu dieser Zeit dort war, verband mich die Rezeptionistin, die selbst an diesem Abend keinen Dienst hatte, mit dem Personal Coach von Herrn Iwata. Und der bestätigte mir, dass er tatsächlich überpünktlich und wie immer da gewesen sei. Doch noch viel besser schienen Sie ihm im Gedächtnis geblieben zu sein. Seine ‚wunderschöne Begleitung mit dem guten Schwung'. Was auch immer das heißen mag. Es besteht kein Zweifel, dass er Sie beschrieben hat. Es besteht also kein Zweifel an Ihrem Alibi. Sie können nicht zur Todeszeit vor Ort gewesen sein".
Nachdem er seine Ausführungen beendet hatte, ließ er sich nach hinten fallen und streckte sich weit über die Rückenlehne seines Stuhls hinaus.
„Wenn das doch nur das Einzige wäre, was mir an diesem Fall zu denken gibt".
„Ich dachte, Sie suchen nach einer Herausforderung, Herr Inspektor?".
So, als hätte er diesen Satz überhört, beugte er sich

wieder nach vorn. Wortlos zog er ein weiteres Photo hervor. Diesmal aus seinem Notizbuch, das er herausgeholt hatte.

„Dieser Mann, Hirohito Abe, gilt als Hauptverdächtiger in der Einbruchsserie rund um Ihre Wohngegend. Einer der Anwohner behauptet steif und fest, ihn gesehen zu haben. Und zwar am Abend des Tages, an dem das Opfer ermordet wurde. Die Art und Weise des Vorgehens bei dem Einbruch passt jedoch nicht zu Abe. Obwohl er keine Skrupel hat, Gewalt anzuwenden und er seine Ziele immer vorher auskundschaftet, erscheint mir doch vieles unlogisch".

„Was meinen Sie damit?".

„Abe stieg ausschließlich in Häuser ein, deren Eigentümer zu diesem Zeitpunkt nicht zu Hause waren. Das resultierte daraus, dass er bei dem letzten Raubzug vor seiner ersten Gefängnisstrafe vom Sohn des Hauses überrascht wurde. Obwohl Abe ihn wüst zusammenschlug, überführte ihn die Beschreibung des Sohnes. Ich kann mir deshalb kaum vorstellen, dass er, selbst bei einem alten Mann, dieses Risiko eingehen würde. Zumal Herr Shinobu noch kurz vor 21.00 Uhr draußen gewesen sein muss…".

Sumikas Augen weiteten sich. Auch Akechi registrierte das.

„Woher wissen Sie das?".

„Man fand Erde an seinen Schuhen. Sie war im Profil eingetreten, was darauf hindeutet, dass er während des Regens noch einmal draußen gewesen ist. Das muss dann

bis ca. 20.45 Uhr gewesen sein. Er konnte also nicht früher zu Hause ankommen. Das würde zeitlich nicht passen".
Da, in diesem Moment durchzog es Sumika wie ein Blitz. Diese Äußerung des Inspektors. Sie hatte dafür gesorgt, dass eine, diese Idee durch Sumika schoss. Sie spürte förmlich, wie sie nur darauf gewartet hatte, endlich durch ihre Gedanken zu strömen, sie zu elektrisieren. Hektisch kramte sie auf dem Tisch nach diesem einen Photo, das vielleicht die Wahrheit in sich trug, dem Photo, das möglicherweise alles erklären konnte, das entscheidende Puzzlestück werden könnte. Sumika suchte und fand es schließlich unter den Bildern, die sie schon fast hatten aufgeben lassen. Unter den Bildern, die die kleine Sumika zeigten, lag der Tote Herr Shinobu immer noch in seinem Badezimmer. Das Photo des Fundorts war es, wonach Sumika gesucht hatte. Nah, so nah, dass es fast ihre Nase berührte, hielt sie es vor ihre Augen. Sie schien etwas zu suchen, etwas, dass so klein war, ein so unscheinbares Detail, dass es keinem bis jetzt aufgefallen war.
Da riss sie förmlich ihren Kopf nach oben und blickte in das Gesicht des Inspektors. Zum ersten Mal schien er nicht mehr die Fäden in der Hand zu haben, zu kontrollieren, wie das Verhör sich entwickeln würde. Er schien überrascht, fasziniert, konsterniert.
„Kann es sein, dass man neben der tödlichen Wunde am Kopf des Opfers noch weitere festgestellt hat, die vielleicht etwas älter waren?".

Sumikas Worte überschlugen sich fast. Noch bevor sie den letzten Teil ihrer Frage formuliert hatte, wurde sie schon ungeduldig, wann die Antwort erfolgen würde.
„J… Ja. Es gab noch eine ältere Wunde. Der Täter schlug ihn wohl zuerst nieder. Dann konnte Shinobu sich davon erholen und versuchte zu fliehen. Aber warum wollen Sie das wissen? Worauf wollen Sie hinaus, Frau Maboroshi?".
Wieder fixierte Sumika das Photo, noch intensiver, noch stärker. Diesmal jedoch war es nicht die Bildmitte sondern der rechte obere Rand, der ihre Aufmerksamkeit voll und ganz auf sich zog. Doch so plötzlich wie dieser Flow den Sumika erlebte, gekommen war, so schnell wich er einem Gefühl der inneren Ruhe, Zufriedenheit des Wohlbefindens.
"If you eliminate the impossible, whatever remains, however improbable, must be the truth". Ein verdrossenes Grinsen blitzte kurz bei diesem Satz auf der ihr wieder in den Sinn gekommen war. Doch nur Sekunden danach verfinsterte sich Sumikas Gesichtsausdruck. Anspannung, Unruhe und Sorge dominierten nun ihre Mimik.
Was hatte das zu bedeuten?
„Frau Maboroshi, ist alles in Ordnung? Sollen wir das Verhör abbrechen?".
Man wusste nicht, ob dieser Vorschlag aus dem eigenen Antrieb des Inspektors oder vielmehr der Furcht vor den Konsequenzen einer Fortführung entstanden war. Doch Sumika realisierte sofort ihre Chance.

„Es,… es war wirklich ein bisschen viel heute. Wenn wir vielleicht morgen weitermachen könnten…".
Sumika fuhr sich durch ihr langes schwarzes Haar, den Kopf nach unten gerichtet, die Stimme hörbar brüchig und scheinbar abwesend.
„Ihr Alibi ist wasserdicht und sie scheinen tatsächlich die Photos, die das Opfer von Ihnen als Kind gemacht hatte, das erste Mal gesehen zu haben. Es spricht nichts dagegen, wenn Sie jetzt nach Hause gehen. Aber bitte halten Sie sich weiterhin zu unserer Verfügung, falls sich weitere Fragen ergeben sollten!".
Der Inspektor stand auf und ging zu Sumika, die noch immer auf ihrem Stuhl verharrte. Sichtlich mitgenommen atmete sie immer wieder tief durch. Sumika wollte gerade aufstehen, da reichte ihr Akechi die Hand.
„Es tut mir Leid, dass ich Sie so hart rangenommen habe aber ich war mir nicht sicher, ob hinter Ihrem Alibi vielleicht doch nicht irgendein Trick steckt, den ich übersehen hatte. Das kann ich jetzt ausschließen. Sie sind nicht länger eine Verdächtige".
Das sanfte Lächeln des Polizisten konnte jedoch nicht darüber hinwegtäuschen, dass sein Blick etwas Anderes sagte. Er schielte auf genau die Stelle, die Sumika vorhin so intensiv angeschaut hatte. Die Stelle, rechts oben auf dem Photo der Leiche, die den seltsamen Gegenstand zeigte, auf den Sumika aufmerksam geworden war. Noch einmal regte sich in ihr die Angst. Die Angst, dass er eventuell doch herausfinden könnte, was er übersehen hatte. Sumika musste hoffen, dass diese Tasse mit ihrem

Motiv nicht jenen Hinweis liefern würde, den sie vor
kurzem gefunden hatte. In ihrem Inneren flehte sie, dass
der Inspektor nicht die, in der oberen Hälfte schwarze,
Tasse sah. Diese Tasse mit dem darauf zu sehenden
Schloss dessen Türme abgeschnitten waren.
„Entschuldigen Sie bitte, Frau Maboroshi!".
Sumika nahm seine Hand, stand auf und machte sich auf
den Weg zum Ausgang des Verhörzimmers. Als sie es
schon fast verlassen hatte, drehte sie sich noch einmal
kurz um und sah, wie Akechi weiterhin angestrengt auf
das Photo schaute.
„Herr Inspektor?
Wer hat eigentlich die Leiche gefunden?".
Er überlegte kurz.
„Das wissen wir nicht. Es war ein anonymer Anrufer, der
behauptete, seltsame Geräusche im Haus des Opfers
gehört zu haben. Das war ein paar Stunden bevor ich bei
Ihnen gewesen bin".
„Aha".
Regungslos registrierte Sumika seine Antwort und ging.

„Kuraiko, bist du es? Hier ist Sumika!".
„Sumi! Endlich rufst du an. Wie lange bist du denn bei
dieser Befragung gewesen? Das muss doch mindestens
eine Stunde gewesen sein. Sag, schon, wie ist es
gelaufen? Hat sich alles geklärt?".
Durch das laute Quietschen der U-Bahn, in der sich
Sumika gerade befand, hatte sie Mühe, ihre Freundin zu
verstehen. Auch musste sie nach dem Tippen der

Nummer nach oben schauen, um das leichte Gefühl der
Übelkeit in ihr zu beruhigen.
„Inspektor Akechi hatte mich wirklich verdächtigt. Doch
nachdem er mein Alibi überprüft hat, geht er jetzt von
einem anderen Täter aus".
Was? Sumi! Wer war es? Sag schon? Bist du jetzt
überzeugt, davon, dass du es nicht gewesen bist? Da fällt
mir ein Stein vom Herzen, wirklich!".
Kuraiko konnte sich kaum zügeln und warf Sumika nur
Stichworte und Satzfragmente an den Kopf. Es war
eindeutig, wie sehr die Situation ihrer Freundin sie
mitgenommen hatte.
„Der Täter drang wohl vor 21.00 Uhr in das Haus von
Herrn Shinobu ein und tötete ihn dann. Der Inspektor hat
mir ein Photo des Einbrechers gezeigt, der als
Hauptverdächtiger für die Einbruchsserie in der
Umgebung gilt. Man hat ihn wohl am Tattag in unserem
Viertel gesehen…".
Ruhig, nüchtern, nahezu gedämpft berichtete Sumika
vom Ergebnis des Verhörs im Polizeihauptquartier.
„Ich bin immer noch ziemlich geschafft. Das war alles
sehr anstrengend heute…".
„Das verstehe ich, Sumi. Weißt du was? Zur Feier deiner
Unschuld komme ich heute Abend bei dir vorbei und du
erzählst mir alles noch einmal in Ruhe. Wenn du noch
einmal darüber geredet hast, ist es bestimmt einfacher,
das zu verdauen. Du sagst doch selbst immer, dass Reden
hilft, Dinge zu verarbeiten. Wo bist du denn jetzt?".
Wieder ein kurzes und hohes Quietschen.

„Ich bin gerade in die Chiyoda-Linie umgestiegen und auf dem Weg nach Hause. In ein paar Minuten werde ich da sein".

„Super! Ich komme auch gleich vorbei und dann feiern wir! Oder möchtest du, dass ich erst zu einer späteren Zeit komme?".

Kuraikos Freude am anderen Ende war förmlich spür- und greifbar.

„Nein, nein. Das ist schon in Ordnung. Aber…".

Sumika stockte.

„Was hast du, Sumi?".

„Mir ist da bloß wieder etwas eingefallen, was der Inspektor sagte. Er schien mir trotz der Hinweise nicht recht daran zu glauben, dass der Einbrecher den Mord begangen hat. Er sagte, irgendetwas passe zeitlich nicht".

„Was meint er damit?".

„Das weiß ich auch nicht genau. Er wollte mir wohl keine Details verraten, da ich keine Verdächtige mehr war. Irgendwie lässt mich das aber nicht los. Du kennst mich ja, ich interessiere mich für Kriminalfälle und möchte natürlich auch wissen, was hinter dem steckt, in den ich quasi selbst verwickelt bin. Aber das können wir ja dann gleich besprechen, oder?".

Je länger sie mit ihrer Freundin sprach, desto mehr Ballast schien von Sumikas Schultern zu fallen. Ihre Stimmlage war deutlich entspannter und fröhlicher geworden.

„Na dann, bis später, Sherlock!".

Nachdem Kuraiko aufgelegt hatte, schaute Sumika auf

ihr Handy. Zwei Personen waren dort zu sehen, wie sie sich vor Glück strahlend gegenseitig in den Arm nahmen. Es waren Sumikas Eltern. Hinter den beiden erstreckte sich bis zum Horizont eine Landschaft von Büros, Hochhäusern, Straßen und einigen kleinen, grünen Flecken. Sie sahen unglaublich vergnügt aus. Da verdunkelte sich der Bildschirm ihres Handys und Sumikas Gesicht spiegelte sich darin. Nachdem sie das Handy wieder in der Tasche verstaut hatte, ließ sie ihren Blick aus dem ihr gegenüber liegenden Fenster in die Ferne schweifen. Sie sah den roten Tokyo Tower, der sich wie eine gigantische Pflanze aus der mausgrauen Landschaft erhob, mit Straßen als Wurzeln und den ihn umgebenden Gebäuden als Früchten.
„Denkt ihr, dass ich das Richtige tue?".

Schon aus einigen Metern Entfernung konnte Sumika sehen, wie Kuraiko vor ihrem Haus wartete. Als ihre Freundin sie sah, winkte sie und Sumika entgegnete, obwohl sie wissen musste, dass Kuraiko es nicht würde sehen können, ein sanftes Lächeln.
„Da kommt ja die Meisterdetektivin! Sumika!".
Für einen Moment lang, gefror Sumikas Lächeln und wurde bald darauf von einem leichten roten Schleier über ihrem Gesicht abgelöst. Kurz darauf stand sie auch schon neben ihrer Freundin aus Kindertagen.
„Ich weiß, dass dir das immer peinlich ist aber was wahr ist, muss doch wahr bleiben, oder?".
Kuraiko umarmte Sumika und drückte sie fest an sich.

Nach kurzem Zögern legte auch sie die Arme um ihre Freundin. Sie verharrten für einige Sekunden in dieser Position der innigen Zuneigung. Es entstand beinahe der Eindruck als sei es die letzte Umarmung der beiden vor einem langen, einem ewigen Abschied.
„Du musst mir genau erzählen, wie alles gewesen ist. Ich hoffe es war nicht ganz so schlimm. Du klangst sehr mitgenommen am Telefon".
Kuraiko flüsterte diese Worte in Sumikas Ohr und kurz darauf machten sich die beiden auf den Weg ins Haus. Sie zogen die Schuhe aus, fuhren in die im genkan bereitliegenden Slipper und gingen in die Küche.
„Soll ich uns einen Tee machen?".
„Gerne. Aber nur, wenn das für dich in Ordnung ist, Sumi. Du hast schließlich einen harten Tag hinter dir und das würde ich auch noch hinbekommen, obwohl ich eine miese Köchin bin".
Die Blicke der beiden kreuzten sich. Wieder ein Lächeln.
„Sag mal, was hat der Inspektor damit gemeint, dass etwas zeitlich nicht passt?".
Sumika musste das Licht anschalten, um den Tee aus einem Regal zu holen, da es schon zu dämmern begonnen hatte.
„Wie gesagt, er schien nicht überzeugt von den Indizien, die ganz klar für den Einbrecher als Täter sprechen. Ich weiß nicht, wie viel er vor mir verheimlicht hat aber eines kann ich auf jeden Falls sagen…".
Sie füllte einen Topf mit Wasser, stellte ihn auf die Herdplatte und schaltete sie ein.

„Er ist vielleicht sogar ein noch besserer Ermittler als ich. Es wundert mich nicht, dass er schon so jung Karriere im Polizeipräsidium gemacht hat. Du würdest nicht glauben, wie akribisch er jedes Detail notiert und analysiert. Er hat sich wirklich in diesen Fall verbissen. Ganz besonders, nachdem er realisiert hatte, dass ich nicht die Täterin gewesen sein konnte. Bis dahin, hatte er mich wirklich im Verdacht und war auch dementsprechend forsch".
„Aber du hast ihm Paroli geboten!".
„Na ja, so würde ich das auch nicht sagen …".
Das Wasser begann zu kochen und Sumika nahm zwei Tassen und Teller aus dem Regal rechts neben ihr. Sie legte die Teebeutel hinein, zwei Löffel auf die Teller und goss das kochende Wasser ein.
„Aber unterkriegen lassen, habe ich mich nicht!".
„So lobe ich mir meine Sumika! Unglaublich, dass du es dem so gezeigt hast. Jetzt kann er sich einen anderen Täter suchen".
Sumika stellte die eine Tasse Tee vor Kuraiko, die andere auf ihren Platz genau gegenüber und setzte sich.
„Und vielleicht helfe ich ihm sogar dabei!".
Kuraiko war gerade damit beschäftigt, einen Löffel des bereitstehenden Zuckers in ihren Tee zu geben, als sie plötzlich innehielt.
„Wie meinst du das?".
„Na ja, ich habe dir doch gesagt, dass ich keine Verdächtige mehr bin. Das herauszufinden hat aber die gesamte Zeit gedauert, sodass ich gar nicht als Zeugin befragt werden konnte. Er hat das Gespräch also

unterbrochen und morgen wird es fortgesetzt. Da wollte er dann auch noch einmal auf diese Zeitproblematik zu sprechen kommen. Ich muss zugeben, irgendetwas hat mich da auch gestört, bloß kam ich nicht darauf, was es war".

Kaum hatte Sumika ihren Satz vollendet, traf eine Nachricht auf Kuraikos Handy ein. Sie zog es aus ihrer Hosentasche und schaute auf das Display. Ihre Miene verfinsterte sich leicht. Sie schien unsicher.

„Etwas Schlechtes?".

Sumika nahm vorsichtig den ersten Schluck Tee.

„Nein, nein. Das ist nur einer von diesen nervigen Typen, denen ich vor Monaten mal meine Handynummer gegeben hatte. Ehrlich gesagt, weiß ich gar nicht mehr, wo. Aber dem werde ich jetzt eine Nachricht schreiben, die sich gewaschen hat".

Kuraiko begann zu tippen.

„Aber sei nicht zu hart zu ihm. Du musst ja einmal etwas Positives für ihn empfunden haben, sonst hättest du ihm nicht deine Nummer gegeben. Denke daran: ‚Das Herz ist ein kristallener Tempel: einmal zerbrochen, kann es nie wieder zusammengefügt werden'".

Kuraiko schaute Sumika an. Ohne auf die Einwände ihrer Freundin zu antworten, setzte sie die SMS fort und war wenige Sekunden später schon wieder dabei, ihr Handy in die Tasche zu stecken.

„Gibt es eigentlich eine Lebenslage, wo du keines dieser Sprichwörter parat hast?".

Sumika entging der leicht sarkastische Unterton nicht,

ebenso wenig wie Kuraikos Blick der über den Rand ihrer Teetasse glitt, die sie in der Hand hatte.
„Sicher! Aber in so einer war ich wohl noch nie…".
Beide schauten einander an und konnten nicht anders, als zu lachen. Es war ein so unbeschwertes Treffen, wie es die beiden schon eine lange Zeit nicht mehr erlebt hatten. Nichts war mehr zu spüren von der Anspannung und Sorge, als Kuraiko das letzte Mal bei Sumika war, an dem Tag vor dem gerade zu Ende gegangenen Verhör im Polizeipräsidium. Jeglicher Ballast schien von den beiden abgefallen. Sie redeten, schlürften Tee und verlebten wohl einige der schönsten Momente der letzten Zeit miteinander. Dass die Dämmerung schon längst vom Dunkel der Nacht abgelöst wurden war, schien sie nicht zu stören.
„Was? Es ist schon nach 21.00 Uhr? Das gibt es doch gar nicht! Wir haben wirklich die Zeit vergessen".
Kuraiko war die erste, die die fortgeschrittene Stunde bemerkte, was wahrscheinlich auch daran lag, dass sie direkt gegenüber der Küchenuhr saß. Viel häufiger als gedacht hatte sie während des Gesprächs der beiden ihre Bahnen gezogen.
„Es ist nicht so, dass ich noch etwas vorhätte aber sicherlich bist du müde und willst dich hinlegen. Mit dem Feiern zu übertreiben, ist ja sowieso eher mein Ding!".
Noch einmal war ein leises Kichern von Sumika zu hören. Sie war während des Gesprächs regelrecht aufgeblüht und konnte sich kaum noch Bremsen von Thema zu Thema zu schweifen. Sie war so offen und unbeschwert

wie selten gewesen. Auch Kuraiko war dies aufgefallen. Die beiden machten sich auf den Weg zur Tür und Kuraiko verabschiedete sich. Wieder drückte sie ihre Freundin fest an sich. Als sie dann gerade dabei war, die Slipper aus- und ihre Schuhe anzuziehen hörte sie Sumika voller Vorfreude sagen:
„Wir sehen uns ja sowieso morgen in der Uni. Das ist also ein ‚Auf Wiedersehen' und kein Abschied, nicht wahr?".
Sumikas Grinsen erstreckte sich über ihr gesamtes Gesicht, die großen schwarzen Augen glänzten. Da öffnete Kuraiko mit ihrer linken Hand die Tür, obwohl sie immer noch Sumika zugewandt war. Doch plötzlich blickte sie nicht mehr in das Gesicht einer vor Glück sprühenden Freundin. Innerhalb von Sekundenbruchteilen veränderten sich ihre Gesichtszüge vollständig, sie versteinerten nahezu. Sie wurde blass, die Augen geweitet und angsterfüllt, ihr Mund halb geöffnet aber trotzdem sprachlos. Kuraiko schien nicht zu wissen, was diese Reaktion ausgelöst hatte und drehte sich reflexhaft zur Tür. Sie brauchte einen Moment, um etwas in der Dunkelheit erkennen zu können. Doch schon bald darauf zeichneten sich immer deutlicher die Konturen von etwas ab, das direkt vor der Tür stand. Es war schwarz und deshalb nur schwer auszumachen. Dann wanderte Kuraikos Blick weiter nach oben. Sumika, die die ganze Zeit über sprachlos gewesen war, völlig erstarrt und paralysiert, hatte da schon längst erkannt, worum es sich handelte. Langsam überwand sie den Schock. Ein

Ruck ging durch ihren Körper und sie versuchte, in Richtung Wohnzimmer zu laufen, doch da war es schon zu spät. Sie hörte nur noch den Schrei ihrer Freundin Kuraiko und wenig später spürte sie einen harten, kalten Gegenstand am Hinterkopf. Die Bilder vor ihren Augen verschwammen, ein dumpfer Knall war zu hören. Dann verließen sie die Sinne.

„Sumi, Sumika!", flüsterte Kuraiko und versuchte so, die neben ihr sitzende Sumika aufzuwecken.
Nach einiger Zeit stöhnte sie kurz auf, kniff die Augen zusammen und spürte auf einmal diesen Schmerz an ihrem Hinterkopf. Reflexhaft wollte sie diesen mit ihrer rechten Hand berühren, doch sie konnte sich nicht bewegen. Etwas hinderte sie daran. Nachdem sie ihre Augen geöffnet und sich an das Licht gewöhnt hatte, erkannte sie schnell den Grund. Ein dickes, braunes Seil war um ihren Oberkörper und die Beine geschlungen. Ohne lange nachzudenken, versuchte sie sich durch einige Verrenkungen ihres Körpers zu befreien. Doch es war aussichtslos. Viel zu fest umschlangen sie die Seile. Erst jetzt schaute sie zu ihrer Freundin, die genauso gefesselt an einer Wand lehnte.
„Gott sei Dank, bist du wach! Ich habe schon befürchtet, dass du gar nicht mehr aufwachst, Sumi!".
Kuraikos Stimme zitterte, drückte den ganzen Schock, die gesamte Ungläubigkeit über diese Situation aus. Noch vor wenigen Minuten saßen die beiden, Sumika und Kuraiko, in der Küche, unterhielten sich und lachten.

Jetzt befanden sie sich in einer schier ausweglosen Situation.
„Kuraiko...".
Sumika schien noch immer leicht benommen. Nur schwer und allmählich kamen die Silben aus ihrem Mund.
„Wie... wie geht es dir?".
„Mach dir um mich keine Sorgen. Wir müssen jetzt Hilfe holen und diesen Einbrecher dingfest machen. Wenn das der ist, der auch bei Herrn Shinobu war, dann..., dann...".
Kuraiko stockte doch Sumika wusste genau, was sie sagen wollte.
„Sumi, siehst du das da in meiner linken Hosentasche?".
Sie schaute in Richtung einer kleinen Ausbeulung, die sich dort befand.
„Wenn du es schaffst, mein Handy herauszunehmen, dann können wir die Polizei rufen!".
Wieder versuchte Sumika reflexartig, ihre rechte Hand zu benutzen, doch ihr Unterarm war noch immer mit dem Seil an ihrer Seite festgebunden.
„Kuraiko! Ich kann mich nicht bewegen".
Jedes noch so starke Winden half nichts. Die Fesselung war zu fest. Da plötzlich ein lauter Knall, der aus dem Zimmer genau über den beiden kam.
„Er scheint gerade in deinem Zimmer zu sein. Wir müssen uns beeilen!".
Einige Sekunden angespannter Stille vergingen. Sumika blickte in das Gesicht ihrer Freundin, die versuchte, trotz der so großen Angst, die sie empfinden musste, ihr Selbstbewusstsein zu geben. Wie? Wie nur könnte man

an das Handy kommen?
Sumika dachte nach. Sie warf ihren Kopf leicht nach hinten und stieß dabei mit ihrem Hinterkopf an die Wand an der sie und Kuraiko saßen. Sie verzog etwas das Gesicht, denn ihre Wunde hatte sich wieder mit einigen Schmerzen zurückgemeldet. Doch kurz darauf änderte sich ihr Gesichtsausdruck.
„Kuraiko, kannst du aufstehen?".
Entschlossen blickte Sumika sie an.
„A... aber ich bin doch genauso gefesselt wie du. Wie soll ich da aufstehen können?".
„Du musst dich gegen die Wand drücken. Wenn du deinen Oberkörper fest gegen sie drückst und vielleicht mit den Händen ein wenig nach oben rutschen kannst, kannst du aufstehen. Dann können wir beide aufstehen!".
„Ja, aber wieso?".
„Wenn wir beide stehen, kann ich leichter an dein Handy kommen. Ich beuge mich dann runter, greife mit meiner rechten Hand in deine Tasche. Dann haben wir das Handy. Ich wähle dann die Nummer der Polizei und du kannst dich wieder hinsetzten und ihnen sagen, dass ein Einbrecher hier ist".
Kuraiko schien ein wenig Zeit zu brauchen, um den Ausführungen Sumikas zu folgen, doch auch ihr Blick drückte mehr und mehr die Entschlossenheit aus, diesen Plan in die Tat umzusetzen. Ihn zumindest zu versuchen, solange noch die Möglichkeit dazu bestand. Wieder ein Rumpeln über ihnen. Noch immer schien der Einbrecher in Sumikas Zimmer zu sein. Das nahmen die beiden

Freundinnen als Startsignal, um ihr Vorhaben anzugehen.
Sie setzten sich mit dem Rücken an die Wand, pressten
ihn fest an sie. Noch ein kurzer Blick zum Gegenüber
und es ging los. Zentimeter für Zentimeter kletterten die
beiden nach oben. Ihnen war die Kraftanstrengung
deutlich anzusehen. Sie hielten die Luft an, atmeten
stoßartig ein und aus - nahezu synchron.
„Wir... wir schaffen es!".
Kuraiko, die genau wie Sumika merkte, dass sie sich nun
fast aufgerichtet hatten, fasste das in Worte, was Sumika
dachte. Und kurz darauf standen die beiden tatsächlich
nebeneinander, die Gesichter gerötet und tief ein und aus
atmend.
„Also los!".
Sumika war die erste, die wieder zu Atem kam und
versuchte sofort, das Handy aus Kuraikos Hosentasche
zu fischen. Sie stütze sich an der Schulter ihrer Freundin
ab, um das Gleichgewicht nicht zu verlieren. Tatsächlich
spürte sie die Plastikhülle, griff nach ihr und hielt
Kuraikos Handy in ihrer rechten Hand.
„Okay! Kuraiko, kannst du dich wieder langsam nach
unten rutschen lassen? Ich wähle in der Zwischenzeit die
Nummer".
Während Sumikas Finger über die Tasten glitten, tat es
ihnen Kuraikos Körper gleich, der sich wieder in die
Position zurückbewegte, die er vor wenigen Minuten
noch innehatte.
Alles war vorbereitet. Sumika drehte das Handy in ihrer
Hand. Die drei großen Zahlen „110" erschienen darauf.

„Kuraiko, bereit?".
Sie nickte. Kuraiko machte sich bereit und Sumikas Finger war schon auf der Anrufen-Taste. Da sah Kuraiko, wie ein kleiner glänzender Tropfen zu Boden fiel. Kurz darauf ein zweiter. Reflexhaft schaute sie nach oben und sah Sumika. Sie weinte. Sie weinte so stark, wie sie es an dem Abend getan hatte, als sie dachte, selbst zur Mörderin geworden zu sein. Ihre Tränen rannen über beide Wangen, unaufhaltsam, immer stärker. Ihr Gesicht jedoch drückte etwas anderes aus. Es waren weder Angst noch Trauer dort zu sehen. Sie lächelte. Ein melancholisches, bittersüßes, von ihren Tränen eingerahmtes Lächeln sah Kuraiko, die sich nicht erkläre konnte, was passiert war.
„Wollen wir das Spiel nicht langsam beenden?".
Sumika drehte das Handy in ihrer Hand wieder in die andere Richtung, sodass nur noch die Rückseite sichtbar war und glitt an der Wand hinunter. Kuraiko blickte fassungslos zu ihrer Freundin. Sie schien sich nicht erklären zu können, was gerade in ihr vorging.
„Sumi, was machst du denn? Wir waren doch schon so weit. Was hast du vor?".
Wieder ein kurzes Lächeln Sumikas.
„Ich wollte nur sehen, ob du wirklich den gesamten Weg gehen würdest. Nenn mich naiv aber ich habe wirklich geglaubt, dass du vorher abbrichst. Jetzt weiß ich es aber besser, Kuraiko. Oder sollte ich besser sagen:
Jetzt weiß ich, dass du auch dazu fähig bist und nicht nur, einen Menschen zu töten!".

Stille.

Obwohl Sumika diese Worte ruhig und fast flüsternd gesagt hatte, waren sie derart bestimmt, dass Kuraikos Gesichtszüge einfroren. Sie war entsetzt.

„Also... Sumika. Das ist schon alles ziemlich viel jetzt gerade aber du musst wieder zur Vernunft kommen. Der Einbrecher. Wir müssen den Einbrecher bei der Polizei melden. Er war es doch. Er..."

„...war nur das i-Tüpfelchen in deinem Plan, oder? Ich gebe zu, dass du sehr clever vorgegangen bist. Auch ich habe ein bisschen gebraucht, um dahinter zu kommen. Vor allem eins schien mir bis heute noch viel zu weit hergeholt, ja, vollkommen unmöglich. Und zwar dass ich selbst eine Komplizin von dir war. Man könnte auch sagen, ein Detail in deinem genialen Plan".

Sumika strotzte vor Selbstbewusstsein während Kuraikos Gesicht immer mehr von Fassungslosigkeit gekennzeichnet war.

„Was redest du denn da? Komm wieder zu dir! Das kann doch gar nicht sein!".

„Möchtest du damit etwa sagen, dass du es nicht gewesen sein kannst, weil ich es nicht gewesen sein kann? Dass wir beide es nicht gewesen sein können, weil eine unerschütterliche und ebenso unbarmherzige wie unbestechliche Zeugin für uns aussagt? Möchtest du damit sagen, dass es dir zeitlich gar nicht möglich war?".

Kuraiko zuckte zusammen wie nach einem Blitz.

„Du hast es doch tatsächlich geschafft, das zu tun, was so viele Menschen sich tagtäglich wünschen. Du hast an

diesem Tag an dem Herr Shinobu ermordet wurde, tatsächlich die Zeit zurückgedreht".
Sumika schüttelte leicht den Kopf und einige Tränen, die noch immer ihre Wangen hinunterflossen, fielen zu Boden.
„Da ist es nur passend, dass du sie an einer anderen Stelle schneller laufen lassen musstest. Ist es nicht so?".
Sumika blickte immer nur starr aus dem vor ihr liegenden Fenster. Der gelb-orange Schein der Straßenlaternen war in der Ferne zu sehen.
„Weißt du, dass kurz vor dem Einbruch das große Fenster in meinem Zimmer offen war, als ich wieder nach Hause kam? Das über dem Kirschblütenbaum? Ich dachte zuerst, ich hätte es vergessen aber dem war nicht so. Schon da wusstest du, dass ich für deinen Plan größte Bedeutung hatte. Denn du brauchtest meine Aussage. Ich sollte aussagen, dass du es nicht gewesen sein kannst, weil wir doch zur Tatzeit beide gar nicht in der Nähe waren. Wir spielten vor Dutzenden potentiellen Zeugen eine Runde Squash, während die Einbrecher bei Herrn Shinobu zuschlugen. Das sollte also gegen 21.00 Uhr passieren, richtig?".
Kuraiko blickte mit großen, immer noch ungläubigen Augen in das Gesicht ihrer Freundin. Doch sie sagte nichts.
Wieder diese nervenzerreißende, ohrenbetäubende Stille. Kuraikos Hände spannten sich immer mehr an und krallten sich schließlich an ihrer Hose fest. Angestrengt verzog sie den Mund, biss sich auf die Unterlippe.

„Alles würde so aussehen, als hättest du ein perfektes Alibi. Du musstest einfach nur jemanden finden, der leichtgläubig genug war, auf diesen simplen Trick hereinzufallen und das war nicht weiter schwer. Da gab es jemanden, mit dem konnte man alles anstellen. Jemand der sowieso nie mitbekommen würde, was los ist und selbst wenn derjenige etwas ahnen sollte. Als beste Freundin hat man eh einen Freifahrtschein und kann sich alles leisten…".
Sumika zog immer noch ihre Mundwinkel nach oben. Doch ihr Gesicht war seltsam ausdruckslos und leer. Es wirkte beinahe wie eine Maske.
„Es war kein Problem, den Baum hochzuklettern und durch das Fenster in meinem Zimmer ins Haus zu kommen. Du wusstest natürlich genau, wann ich gegangen war und wohin. Bestimmt hast du mich beobachtet und selbst wenn nicht. Du wusstest, dass früher oder später deine Chance kommen würde. Du bist einfach viel zu vertraut mit meinem Tagesablauf, mit mir. Du schlichst dich durch mein Zimmer, nachdem du dort alle Uhren eine Stunde vorgestellt hattest und konntest in aller Ruhe auch alle anderen Uhren im Haus abklappern. Mein Handy würde ich eh nicht anschalten. Du musstest nur sicherstellen, dass vor dem nächsten Unitag alles wieder synchron mit der tatsächlichen Zeit sein würde. Wer weiß, vielleicht hast du auch am Wasserrohrbruch an der Uni einen Anteil. Aber wie dem auch sei. Unsere Verabredung um 19.00 Uhr fand eigentlich schon 18.00 Uhr statt, nicht wahr?".

Jetzt, zum ersten Mal seit sie sich wieder hingesetzt hatte, schaute Sumika in das Gesicht Kuraikos. Sie blickte ihr tief in die Augen und entdeckte dort, dass sie es ihr zumindest nicht leicht machen würde. Kuraiko würde von ihr verlangen, den ganzen Weg zu gehen.
„Sumika, was redest du da? Du hast nur vergessen, das Fenster zu schließen. Was soll das hier? Natürlich hätte ich die Zeit umstellen können aber wenn wir eine Stunde früher gefahren sind, erkläre mir bitte eins: Wieso hat die Polizei, hat niemand im Sportzentrum irgendetwas gemerkt oder gesagt? Sogar dieser Angestellte bestätigte, dass wir um 20.00 Uhr da waren? Ist er etwa auch ein Komplize? Sind alle Leute dort Komplizen gewesen?".
Kuraikos Stimme wurde lauter, schriller, ohne jedoch die Fassung zu verlieren. Ihr Blick wurde forscher.
„Nein. Ein Komplize reichte völlig. Nachdem du bei mir die Uhren vorgestellt hast, verließ ich gegen 18.00 Uhr das Haus im Glauben, dass es schon 19.00 Uhr sei. Wir fuhren dann zum Sportzentrum. Dort konnte ich mich noch einmal davon überzeugen, dass es tatsächlich schon nach 19.00 Uhr war. Und zwar durch einen flüchtigen Blick auf die Autouhr. Schwieriger war da schon, den Schein auch beim Betreten der Squashanlage zu wahren".
Sumika holte tief Luft.
„Wenn ich mich recht erinnere, sagte Takehiko, der Personal Coach, nicht, dass wir 20.00 Uhr angekommen sind. Er sagte vielmehr:
‚Überpünktlich wie immer, Masaru!'".

„Ja, und was soll da der Unterschied sein?".
In Kuraikos Stimme nahmen Ärger und Angst gleichermaßen zu.
„Was, wenn Masaru genau wusste, dass Takehiko keine Armbanduhr trägt und zu diesem Zeitpunkt seine schon von 19.00 Uhr auf 20.00 Uhr gestellt hatte?".
Kuraiko erstarrte.
„Wie Takehiko selbst sagte, ist er so sehr mit seinem Job als Coach beschäftigt, dass er keine Termine vereinbart. Er hat also auch kein wirkliches Zeitgefühl, wer wann kommt und ist meist mit seinen Coachees im Gespräch oder analysiert Matches Es wäre ein Leichtes gewesen, ihm vorzugaukeln, zur üblichen Zeit, das heißt 20.00 Uhr anzukommen aber in Wahrheit schon eine Stunde früher zu sein. Stimmt doch, Masaru?".
Sumika stellte diese Frage absichtlich lauter, sodass sie auch im Nachbarzimmer hörbar war. Eine Weile lang geschah nichts. Doch dann trat eine vollkommen in Schwarz gekleidete, maskierte Gestalt durch die Tür.
„Du musstest einfach nur zwei Reservierungen machen. Die erste um 19.00 Uhr unter irgendeinem anderen Namen. Die zweite, diesmal unter deinem richtigen Namen, um 20.00 Uhr. So würde die Polizei, sollte sie Nachforschungen anstellen, auf eine Reservierung auf dich für 20.00 Uhr stoßen. Wenn du schon im Voraus bezahlt hast, bestand auch nicht das Risiko, dass dieser Termin durchgestrichen würde. Dazu käme noch die Aussage des Coaches, der bestätigte, dass du zur üblichen Zeit, das heißt 20.00 Uhr, tatsächlich dort warst

und schon war das oberflächlich wasserdichte Alibi perfekt. Du hofftest wohl, dass man uns dreien genug glauben würde, um nicht weiter in die Tiefe zu gehen. Jetzt musstest du nur noch darauf achten, dass ich nicht auf eine der Uhren im Sportzentrum schauen würde. Aber das fiel dir ja leicht. Wahrscheinlich hatte Kuraiko dir gesagt, dass ich eh nur Augen für dich haben würde. Aber eine Frage hätte ich an dich?".
Weiterhin stand die schwarze Gestalt regungslos da.
„Hattet ihr geplant, schon an diesem Abend die Uhren bei mir wieder zurückzustellen oder sollte Kuraiko von Beginn an, am folgenden Tag zu mir kommen? Schließlich musstet ihr damit rechnen, dass ich schon am nächsten Morgen von der Polizei befragt werden würde".
Die schwarze Gestalt wartete ab, bis Sumika sie anschaute. Dann begann sie, sich zu regen. Ihre beiden Hände gingen nach oben, griffen an den Kragen. Langsam begann sie, die Maske abzunehmen. Und tatsächlich kam darunter die Person zum Vorschein, die Sumika hinter der Maske vermutet und angesprochen hatte. Sie blickte in das Gesicht von Masaru. Im Gegensatz zu Kuraiko wirkte er vollkommen gefasst und schien gerade so, als genieße er die Vorstellung die Sumika bot. Ein überhebliches Grinsen war zu sehen.
„Eigentlich hatte ich ja schon gehofft, dass du mich kurz reinlässt. Du hättest dann schon eine kleine Belohnung bekommen und einen traumhaften Schlaf gehabt".
„Dann hattest du also tatsächlich Schlafmittel dabei um dann ungestört euer Alibi perfekt zu machen?".

Masaru zuckte mit den Schultern.
„Natürlich. Das überrascht dich doch jetzt nicht wirklich. Was mich aber interessiert ist, wie du darauf gekommen bist, dass wir die Uhren verstellt haben. Kuraiko hat penibel darauf geachtet, keine Spuren zu hinterlassen und nur das offene Fenster kann es ja wohl kaum gewesen sein".
„Es war der Regen!".
Masaru stutze. Sumika, die sich in der Zwischenzeit abgewandt hatte, blickte wieder nach draußen.
„Ich habe deine Uhr gesehen, als du mich zur Tür gebracht hast. Du bist Rechtshänder und hast deshalb auch den Regenschirm dort getragen. Deshalb, weil dein Ärmel dadurch ein wenig nach unten rutschte, konnte ich deine Uhr sehen. Das war allerdings das erste Mal in all der Zeit, dass du sie rechts und nicht links getragen hast. Fast so, als wolltest du, dass ich die Zeit noch einmal sehe. Da begann ich mich natürlich zu fragen, wieso du das gewollt haben könntest…".
Mit leichtem Kopfnicken und betont beeindrucktem Gesichtsausdruck entgegnete Masaru:
„Du bist wirklich nicht schlecht. Da können wir ja froh sein, dass du nicht in dem Fall ermittelt hast. Oder wie siehst du das?".
Masaru stupst die immer noch mit Sumika am Boden sitzende Kuraiko an, die jedoch keine Reaktion zeigte.
„Hat es dir etwa die Sprache verschlagen? Oder bist du nur baff, dass jemand deinen Plan durchschaut hat?".
Noch während er ihr diese Fragen stellte, begann Masaru,

die Fesselung zu lösen. Kuraiko stand auf und schaute nun ebenfalls auf Sumika herab.
„Warum hast du sie eigentlich nicht glauben lassen, dass sie Shinobu ermordet hat? Etwas Besseres hätte uns doch gar nicht passieren können. Also, mich betrifft es ja nicht so ganz aber du…".
„Halt endlich die Klappe!".
Kuraiko fuhr ihn an. Ihr Ton war barsch, durchdringend, unnachgiebig.
„Bloß weil du ihn nicht erschlagen hast, denkst du, dass du nicht genauso mit drinhängst? Meinst du das? Ich hätte dich gern mal an meiner Stelle gesehen".
Für einen Moment verschwand die Arroganz aus Masarus Gesicht.
„Er hat also dich angerufen, Kuraiko?".
Sie blickte zu Sumika, die sich wieder zu Wort gemeldet hatte.
„Ja. Ich war gerade wieder zu Hause angekommen, da klingelte das Telefon. Ich hob ab und war geschockt, als ich seine Stimme am anderen Ende der Leitung gehört habe. Zuerst fragte ich mich noch, wie er sich so schnell von Masarus erstem Schlag hatte erholen können aber bald merkte ich, dass er nicht so harmlos war, wie ich dachte. Er kicherte die ganze Zeit und in einer schrillen Stimme freute er sich, mich erkannt zu haben und fantasierte irgendwelche Dinge zusammen, die passieren würden, wenn er die Polizei rufen würde. Ich bekam Panik, rechnete schon damit, geschnappt zu werden, dass jetzt alles aus ist. Verstehst du das?".

Wieder wurde sie lauter.

„Also hat er dir ein Angebot gemacht. Dass du noch einmal zu ihm kommen sollst, wenn er genau das nicht tun soll…".

„Ja. Ich ging also zu ihm und da saß er dann im Wohnzimmer mit so einer kleinen Schachtel auf dem Schoß. Gierig, wie ein Tier schaute er mich an und seine Beine wippten wild auf und ab:
‚Ich habe dich an deinen Haaren erkannt! Sie sind immer noch so wie damals. Ihr Duft. Ich konnte ihn nicht vergessen!'
Und dann zog er die Luft durch seine Nase, dieser, dieser…".

Kuraikos Fäuste ballten sich. Die Aggression stieg immer weiter in ihr auf, so als würde sie diese Situation noch einmal durchleben.

„Er sagte mir, dass er bereit wäre, nicht die Polizei zu rufen, wenn ich ihm dafür einen Gefallen tun würde. Sumi, verstehst du das nicht? Der Typ war krank, ein Perverser! In dieser Schachtel waren Photos, dutzende Photos. Und sie alle zeigten nur dich. Als Kind!
‚Du hast doch bestimmt noch mehr davon oder?'
Dieser Bastard!".

Immer mehr steigerte sich Kuraiko in ihre Erinnerungen hinein.

„Das war ein Pädophiler, Sumi. Wer weiß, was der vorhatte. Als ich dann gesagt habe, dass ich Photos holen würde, freute er sich wie ein Kind und meinte, dass er eine neue, größere Schachtel für die neuen Schätze holen

müsse. Da konnte ich nicht mehr anders. Ich nahm den nächstbesten Gegenstand und schlug auf seinen Hinterkopf, so fest ich konnte. Der hatte nichts Anderes verdient, Sumi!".
„Und weil du dachtest, dass dieses unwürdige Subjekt nicht auch dein Leben zerstören soll, hast du dann die Idee mit der Verschleierung des Todeszeitpunkts gehabt. Ich meine, ihn ins Bad zu ziehen und dort dann die Heizung aufzudrehen, dass man seinen Tod deutlich früher annehmen würde als sonst?".
Kuraiko nickte.
„Zusammen mit Masaru habe ich ihn dorthin getragen. Am nächsten Morgen musste ich nur früh noch einmal in sein Haus, durchlüften und dann die Polizei anrufen, anonym natürlich".
Sumika lächelte.
„Die Todeszeit musste ja exakt bestimmt werden. Nur dann hattest du, hatten wir ein wasserdichtes Alibi!".
„Tja, wie es aussieht haben wir doch ein Leck übersehen".
Masaru meldete sich wieder zu Wort. Sumika drehte sich zu ihm. Doch obwohl ihr das Gesicht, das sie sah, so vertraut war, wusste sie nicht, um wen es sich bei dieser Person handelte. Nichts war mehr da von seiner Zuvorkommenheit, dem lockeren und immer einen flotten Spruch parat habenden Masaru, den sie schon so lange kannte. Der Masaru, von dem sie geglaubt hatte, dass er sie verstehen könnte, war nicht mehr da. Aber wie lange schon? Einen Monat, ein halbes Jahr, ein Jahr? Die

ganze Zeit hatte Sumika nicht gemerkt, dass der Junge aus ihrer Erinnerung nirgendwo anderes mehr existierte als eben dort. Dass, der Masaru, den sie sehen wollte, nur noch ein Abziehbild einer schönen Erinnerung aus längst vergangener Zeit war.
„Wie war das doch gleich? Wenn man einen ersten Eindruck von einer Person hat, deutet man uneindeutige Informationen über sie so, dass sie dazu passen. Diese Hypothese habe ich wohl ein für alle Mal bestätigt".
Sumika musste lachen. Sie konnte es selbst nicht glauben, dass ihr gerade jetzt, so etwas durch den Kopf ging.
„Was gibt es daran zu lachen?", warf ihr Masaru voller gekränkter Eitelkeit und Zorn an den Kopf.
„Nichts. Ihr habt nur nicht vergessen, ein Leck zu schließen. Für euer wasserdichtes Alibi, hättet ihr ein zusätzliches gebraucht!".
Masaru und Kuraiko schauten sich ratlos an.
„Kuraiko, du hast immerhin daran gedacht, die verwelkten Blumen, die in einer Tasse im Badezimmer standen, wegzuwerfen. Nein, halt. Bestimmt hast du sie mitgenommen und bei dir entsorgt. Es hätte ansonsten die Polizei nur auf dumme Gedanken gebracht. Aber ist es dir da nicht aufgefallen? Ist dir nicht aufgefallen, dass es nicht mehr die Tasse war, die am Vorabend dort stand?".
Sumika ließ insbesondere Masaru seine eigene Medizin schlucken und versuchte in jedem einzelnen Wort, ihre Überlegenheit aufzuzeigen. Er konnte sich scheinbar kaum noch beherrschen. Doch es war nicht nur Sumika,

die seinem Zorn ausgesetzt war. Auch Kuraiko, die diesen augenscheinlich so klaren Fehler gemacht hatte, zog sich Masarus Unmut zu.

„Sag bloß, du hast die Tasse zerbrochen, als du am Morgen da warst und eine von dir dort gelassen. Wie dumm kann man eigentlich sein?".

„Jetzt halt mal die Luft an. Hältst du mich etwa für so blöd wie dich, der noch nicht mal einen alten Mann bewusstlos schlagen kann?".

„Was? Pass auf, was du sagst!".

Masaru packte Kuraiko an ihrem Kragen. Sein Gesicht drückte eine enorme Wut und Aggression aus. Kuraiko aber ließ nicht locker. Mit einem Lächeln, stichelte sie weiter.

„Versuchst du diesmal bei einer Frau dein Glück? Vielleicht klappt es ja dann. Aber halt, da gibt es noch ein großes Problem. Möchtest du wissen, welches?".

Sumika merkte, wie Kuraiko schon während sie dies zu Masaru sagte, ihre Hand vorsichtig in die rechte Hosentasche gleiten ließ. Sie zog einen kleinen Behälter heraus. Als Masaru sie gerade noch fester an ihrem Kragen anfassen wollte, nahm sie ihn blitzartig nach oben und sprühte einen fein zerstäubten Nebel in sein Gesicht. Masaru stöhnte auf, hielt sich beide Hände schützend vor seine Augen, doch es brachte nichts mehr. Während er orientierungslos und heftig atmend durch den Raum torkelte, griff Kuraiko zu einer Blumenvase und schmetterte sie an seinen Kopf. Sumika zuckte zusammen. Sie dachte, dass sich wohl genauso die Szene

abgespielt haben musste, die zum Tod von Herrn Shinobu geführt hatte. Masaru schrie noch einmal vor Schmerz, ging dann zu Boden und blieb regungslos liegen. Sumika folgte mit ihrem Blick seinem schlaffen Körper, als er zu Boden fiel. Schon bald bemerkte sie ein kleines, rotes Rinnsal, das von seinem Kopf aus in Richtung Boden rann.
„Entschuldige bitte. Das musste einfach sein. Als ob ich wirklich so einen Anfängerfehler machen würde. Ich bin ja schließlich nicht er".
Kuraiko kam näher an Sumika heran, beugte sich zu ihr hinunter und flüsterte ihr zu:
„Was hat es denn nun wirklich mit dieser Tasse auf sich?".
Sumika schluckte. Ihre Lippen, ihr Mund, beide waren staubtrocken. Trotzdem schaffte sie es irgendwie, zu sprechen.
„Ist dir denn nicht aufgefallen, dass das Motiv auf der Tasse verschwunden war, als du zurückkamst?".
Kuraiko runzelte die Stirn.
„Auf einem Photo vom Badezimmer Herrn Shinobus, das mir der Inspektor gezeigt hat, ist eine Tasse zu sehen, die in der oberen Hälfte durchgehend schwarz ist aber in der unteren ein Schloss ohne die zugehörigen Türme zeigt. Als du am Morgen, bevor du die Polizei gerufen hast, dort eintrafst, muss sie sogar komplett schwarz gewesen sein. Diese Tasse war nämlich ein so genannter „Magic Cup". Wenn man so eine Tasse mit heißen oder warmen Getränken füllt, dann verschwindet das Motiv auf ihr.

Weißt du jetzt, was ich dir sagen will?".
Kuraiko stand wieder auf und wandte Sumika den Rücken zu. Sie lief zum Fenster, aus dem Sumika immer wieder hinaus gesehen hatte.
„Du bist wirklich außergewöhnlich, weißt du? Schon seit dem Tag, an dem wir uns damals kennengelernt haben, weiß ich, dass du etwas ganz Besonderes bist, Sumi. Ich habe dich eigentlich immer schon dafür bewundert. Seit ich denken kann, warst du mein Vorbild. Ich hatte gedacht, jetzt wäre es endlich mal in meiner Hand, dir etwas zurückzugeben. Diesen Bastard endgültig aus deinem Leben zu tilgen. Es überrascht mich nicht, dass du hinter meinen Plan gekommen bist. Wer würde schon so etwas vermuten? Ein „Magic Cup" als Blumenvase…".
Sie schüttelte den Kopf.
„Das Wasser in ihm erwärmte sich durch die hohen Temperaturen im Bad. Das Motiv verschwand. Da aber Wasser Wärme länger speichert als Luft oder der Untergrund auf dem sie steht, begann das Schloss sehr langsam, wieder zu erscheinen. Natürlich zuerst am Boden, wo das kalte, schwere Wasser war. Vielleicht hätte ich doch noch etwas warten sollen…".
Sumika verfolgte die ganze Zeit über die Reflexion von Kuraikos Gesicht, die vom Fenster zu ihr geworfen wurde. Jetzt war es ihre Freundin, die Tränen zu vergießen begann.
„Du hättest mir das bestimmt geraten, oder? Ach was! Was rede ich da? Du hättest mich von allem abgebracht. Davon, überhaupt mit diesen Einbrüchen anzufangen,

davon, dich als Alibi zu verwenden. Einfach von allem. Ich habe Fehler gemacht. Große Fehler. Ich weiß das. Deshalb war ich auch für dich da, als du mir von deinen Theorien erzählt hast, die dich als Mörderin sahen. Ich war für dich da, als du mir von deinem Schlafwandeln erzählt hast. Und ich habe diesen unausstehlichen Masaru davon abgehalten, uns weh zu tun. Sumi, ich war für dich da und ich möchte weiter für dich da sein".
Kuraiko drehte sich zu Sumika, flehend.
„Bitte, verzeih mir! Lass mich weiter für dich da sein. Ich weiß, was ich alles falsch gemacht habe. Aber ich verspreche dir, dass ich nie wieder etwas Unrechtes tun werde. Warum rufen wir nicht jetzt die Polizei und sagen, dass Masaru der Einbrecher war? Er, er war schließlich immer dabei und er wollte uns etwas antun. Du hast doch gesehen, wie aggressiv er war. Wir haben uns nur gewehrt, als er uns losmachen wollte! Oder Sumi? Was denkst du? Bitte, sag ja!".
Die letzten Worte erstickten beinahe in der tränengetränkten Stimme Kuraikos, die, die Hände vor ihrem Gesicht und erbärmlich schluchzend, vor Sumika auf die Knie ging.
„Kuraiko, ich…, ich…".
Sumika rang nach Worten. Kuraiko, die sofort wieder aufgeblickt hatte, schaute ihr tief in die Augen.
„Du hast mir heute etwas gezeigt. Du hast mir gezeigt, was wir all die Jahre für gute Freundinnen waren. Dieser Abend heute war vielleicht die schönste Zeit, die ich je mit dir verbracht habe. Selten gab es Momente, in denen

ich mich so unbeschwert gefühlt habe".
Je mehr Sumika sprach, desto mehr hellte sich Kuraikos Gesicht auf.
„Du bedeutest mir sehr viel, Kuraiko. Du warst die einzige, die immer zu mir gehalten hat, auch wenn ich wahrlich nicht einfach bin. Und du hast mir vielleicht die wichtigste Lektion erteilt, die ich jemals in meinem Leben gelernt habe".
Sumika holte tief Luft.
„Du hast mir gezeigt, dass ich schon mein ganzes Leben eine Schlafwandlerin war!".
Mit unglaublicher Kraft und Entschlossenheit platzten diese Worte aus Sumikas Mund heraus. Kuraikos Mimik drückte Ratlosigkeit aus.
„Du hast mir gezeigt, dass die Welt, in der ich gelebt habe, schon lange nicht mehr existiert. Dass die Kuraiko von früher, schon längst nicht mehr die Kuraiko ist, die in der Realität existiert. Weißt du, wieso ich dich heute zum Tee eingeladen habe? Weißt du das?".
Sie wurde immer lauter.
„Ich wollte nicht nur sehen, ob du wirklich soweit gehst, alles abzustreiten. Ich wollte dieses eine Mal noch, das allerletzte Mal die Zeit erleben, die schon längst vorbei war. Die Zeit in der wir wirklich Freundinnen waren!".
Dieser Satz ließ Kuraiko erstarren und wenige Augenblicke später waren endgültig sämtliche Lebensgeister aus ihr gewichen. Sumika zog ihre rechte Hand hinter ihrem Rücken hervor. Noch immer hielt sie Kuraikos Handy in Händen. Diesmal sah Kuraiko jedoch

nicht die Rückseite wie zu dem Zeitpunkt, als Sumika wieder zu Boden gesunken war. Sie sah den Bildschirm auf dem weiterhin die Zahlen „110" aufleuchteten. Darunter lief jedoch die Zeitanzeige. Seit mittlerweile über 20 Minuten. Kuraiko wusste sofort, was dies zu bedeuten hatte. Das Spiel war endgültig aus. Und tatsächlich traf nur wenige Minuten später Inspektor Akechi mit zwei weiteren Streifenwagen ein. Masaru wachte, kurz nachdem man ihn Handschellen angelegt hatte, auf. Noch immer benommen schien er nicht zu realisieren, was genau vor sich ging. Auch Kuraiko wurde abgeführt. Sie leistete keinerlei Widerstand.

„Frau Maboroshi! Wie geht es Ihnen? Ich dachte, ich schaue einfach einmal bei Ihnen vorbei!".
Mit einem breiten Lächeln im Gesicht stand Inspektor Akechi vor dem angelehnten Gartentor der Maboroshis und winkte Sumika fröhlich zu.
„Ich hoffe, ich störe Sie nicht".
„Nein, nein. Wir haben uns ja auch schon lange nicht mehr gesehen. Es müssen einige Monate vergangen sein, seit der Verhaftung…".
Sumika, die ihre langen schwarzen Haare hochgesteckt und mit einer roten Haarspange befestigt hatte, wischte sich den Schweiß von der Stirn. Die Gartenarbeit, die sie schon den gesamten Vormittag beschäftigt hatte, zeigte ihre Wirkung. Ebenso hatte die langsam immer stärker werdende Sonne in diesen Frühlingstagen ihren Anteil daran.

„Sie haben Recht. Es ist tatsächlich schon unglaublich lange her, oder?".
Der Kommissar öffnete das Tor und ging langsam, mit betont lockerem Gang zu Sumika, die ihre Gartenarbeit unterbrochen hatte.
„Die Staatsanwaltschaft hat mittlerweile auch alle anderen Einbrüche untersucht und schreibt eifrig an der Anklageschrift. Es wird wohl nicht mehr lange dauern bis zum Prozess. Deshalb bin ich auch hier. Ich dachte mir, dass eine persönliche Nachricht angemessener ist als ein Brief. Schließlich war all das für Sie nicht gerade leicht. Sie wissen, dass wir Ihnen jederzeit zur Seite stehen, wenn es etwas geben sollte, das Sie beschäftigt?".
Akechis Ton wurde ernster. Doch Sumika entwaffnete ihn mühelos mit einem unbeschwert wirkenden Lächeln.
„Ich danke Ihnen sehr für Ihre Fürsorge, Inspektor. Aber wenn es jemanden geben sollte, der mit so etwas zurechtkommt, dann eine Psychologiestudentin, denken Sie nicht?".
Er schmunzelte.
„Ich hatte schon mit so etwas gerechnet. Da werde ich mich wohl anders bei derjenigen bedanken müssen, die diesen Fall im Alleingang gelöst und mich auf die richtige Fährte gebracht hat…".
Akechi muss die leichte Rötung in Sumikas Gesicht aufgefallen sein, kurz nachdem er diesen Satz vollendet hatte. So dachte Sumika zumindest, die deswegen wieder begann, die Blumen in die vorgesehene Löcher zu setzten. Den Blick auf ihre Arbeit gerichtet, entgegnete sie:

„Sie müssen mir nicht danken. Ohne Sie, ohne Ihr Verhör, hätte ich niemals auf die wahren Täter kommen können. Und vielleicht hätte ich auch nicht den Mut gehabt, die beiden damit zu konfrontieren und alles aufzuzeichnen. Sie,… sie haben mir ja schließlich einmal etwas bedeutet…".

Sumikas Stimme wurde leiser, war kaum noch hörbar, als sie die Erde um den neuen Maiglöckchensetzling mit einer kleinen Schaufel festklopfte.

Der Inspektor schwieg, blickte zu Sumika.

„Ich war mir nicht sicher, ob ich das Richtige tat. Ich hätte mich auch irren können. Meine Theorie, alles passte zusammen, doch der endgültige Beweis fehlte. Schließlich waren es aber die beiden selbst, die mir die Entscheidung abgenommen haben".

„Sie meinen den angeblichen Einbruch?".

Sumika nickte leicht.

„Welcher Einbrecher, der vor wenigen Tagen im Nachbarhaus einen Menschen umgebracht hat, würde schon hier erneut einbrechen und das zu einer Zeit in der klar war, dass sich mindestens zwei Personen dort befanden. Und dann war auch noch diese SMS von Masaru…".

„'Hast du sie nun endlich zum Schweigen gebracht oder soll ich das erledigen?'. Das war die Nachricht, die Sie meinen…".

„'Komm vorbei!', stand da als Antwort von ihr. Wenn ich das vorher nicht im Postausgang gelesen hätte, als ich das Handy aus ihrer Hosentasche nahm, hätte ich

vielleicht anders gehandelt. Ab da gab es kein Zurück mehr".
Der Gesang eines Vogels, der über Sumikas Garten flog, war zu hören. Auf der Straße lief eine Gruppe von Kindern vorbei, die einem Fußball hinterherjagte.
„Sie haben richtig gehandelt und das wissen Sie auch, Frau Maboroshi. Nur durch Sie konnten wir, konnte ich diesen Fall lösen. Das ist auch der Grund, wieso ich persönlich zu Ihnen gekommen bin. Es gibt etwas, das ich Sie fragen möchte".
Sumika blickte zu Akechi auf, doch wurde sie nicht wirklich schlau aus seinen Gesichtszügen. Es war eine Mischung aus Pflichtbewusstsein, Sorge und versteckter Freude, die sich in seinen Augen widerspiegelte. Was würde es sein, dass ihn tatsächlich hierher geführt hatte?
„Der Chef meiner Abteilung steht kurz vor seinem Ruhestand und er hat mich als Nachfolger vorgeschlagen. Vor diesem Fall hätte ich lieber heute als morgen dieses Angebot angenommen und mich sofort in die Arbeit gestürzt. Aber ich habe das Gefühl, dass ich vielleicht doch nicht der richtige bin, um diesen Posten zu besetzten. Was denken Sie, könnte ich…".
„Natürlich!".
Noch bevor Akechi seinen Satz vollendet hatte, platze Sumika mit ihrer Antwort heraus, wofür sie sich kurz darauf schon leicht beschämt entschuldigte.
„Ich wollte Sie nicht unterbrechen aber so dürfen Sie nicht denken. Sie sind ein ausgezeichneter Ermittler. Ihre Beobachtungsgabe ist außergewöhnlich ebenso wie ihre

Schlussfolgerungen. Sie waren so kurz davor, selbst auf die Lösung des Falls zu kommen und außerdem war ich ja in den Plan verstrickt. Das hat es mir natürlich leichter gemacht, dahinter zu kommen. Sie müssen dieses Angebot annehmen. Es gibt keinen Besseren als Sie!".
Akechis Lächeln kehrte zurück.
„Ich danke Ihnen sehr für die Blumen aber das war nicht ganz das, was ich Sie gern fragen wollte…".
Sumika stutze.
„Eigentlich sollte die Frage lauten:
‚Was denken Sie, könnte ich mit Ihrer Unterstützung rechnen?'".
Fast schon schelmisch grinste der Inspektor und ohne es sagen zu müssen, wusste Sumika, dass er ihr in diesem Moment all die Komplimente zurückgab, die sie ihm gemacht hatte, um ihn bei seiner Entscheidung für den Posten zu bestärken.
„Ich denke, wir wären ein gutes Team und Sie schließen doch in zwei Monaten ihr Studium ab. Wenn Sie also nichts Besseres finden, ich würde mich freuen!".
Ohne eine Reaktion abzuwarten, machte sich der Kommissar schon auf den Weg zum Gartentor, als er von Sumika eingeholt wurde.
„Ich habe noch etwas für Sie!".
In ihrer rechten Hand hielt sie einen kleinen Blumentopf mit einem weißen Krokus darin. Akechi lächelte sie an, als er die Blume nahm.
„Sagen Sie mir einfach Bescheid, wenn Sie so weit sind."
Sumika begleitete ihn zum Gartentor und ihr Blick

verfolgte ihn noch eine Weile, bis er in das einige Meter entfernte Auto stieg, in dem einer seiner Kollegen schon auf ihn wartete. Er schloss die Tür, nachdem er noch einmal zu Sumika geblickt hatte und die beiden fuhren davon.

„Geben Sie mir noch ein wenig Zeit. Es gibt da zwei Menschen, die ich gern nach ihrer Meinung dazu fragen würde".

Ein zufriedenes Lächeln huschte über ihr Gesicht.

Herstellung und Verlag:
BoD - Books on Demand, Norderstedt
ISBN 978-3-7392-0679-0